知
味

东北的土灶

卢海娟 著

李 春 绘

北方联合出版传媒（集团）股份有限公司
万卷出版公司 VOLUMES PUBLISHING COMPANY

序　言

东北风情的灵性表达

一个人，只有修炼成一颗舍利，才能沉到水里，沉到土里，沉到万物的深处，沉到我们动荡飘摇的内心。

因此，真正的写作就是一场修行。修得慈悲心肠，笔端就有众生，就有爱、有情；修得人生智慧，文字就成了度牒，成了地狱与天堂的苦海慈航。

不嗔、不怨、不惊、不怒——在遥远的长白山南麓，在那个被冰雪覆盖几乎达半年之久的北国，有一位徜徉并沉醉于文字的灵性女子，像虔诚的修行者，她专注、执着，倾情散文写作，一支妙笔尽写东北风情。

她的文章，一花一叶皆有诉不尽的衷情，一雪泥、一鸿爪全是说不完的妙趣。女子散文，笔底自可以婉约，自可以清丽，自可以性情，自可以带上晦暗和小感伤……她却把这般小女子的姿态弃之不顾。相对于凡俗的生活，她独立于莽莽苍苍长白山下，瞭望云色，俯瞰原野，有风翻起她心中的经卷，但见憨态可掬、妙趣横生的文字便会叮咚叮咚，大珠小珠落玉盘。

卢海娟，这是个知鱼懂果、惜物识人的女子，她生就一颗兰心，长就一双慧眼，你的眼光所忽略的事物，恰被她灵敏的心灵捕捉，经她轻拢慢捻抹复挑，常态下的人与事，便鲜活起来，激情重现。读她的文章，是从《渍在酸菜里的冬天》开始的，精彩的生活细节让人忍不住要大声喝彩——原来东北人的日子过得这样冰爽、有趣，等读到文章结尾："一棵大白菜走过属于它的时光之旅，慢慢地、慢慢地演绎、变化，最终发酵成味美可口、醇香绵长的酸菜，就像窖藏在记忆深处的，从容安逸的老东北的慢生活。"这样的生活太让人羡慕了，在城里头生活得狼奔豕突，见到了这种家常慢生活，不知不觉中，已泪泫于睫。

我最喜欢的，是海娟女士东北风情系列，那里有迥异于西北、迥异于江南的独特风情，湖南杀年猪，吃不完，将其腌渍，将其腊渍，东北呢？将猪肉埋在雪地里，开春了，一镐头挖下去，便是一块新鲜猪肉冒出来，想想那情景也是醉了（《雪里挖年货》），如《俺们东北不饮茶》《东北人：你可真有意思》，这一系列文章所呈现出来的异样景致，不让人饶有兴趣吗？难怪《工人日报》《甘肃日报》《内蒙古日报》《大众日报》……全国各地报纸杂志那么喜爱，纷纷登载这些文章，惹得万千读者兴致勃勃，愿意透过她的文字来看东北。如果说从迟子建的小说中认识的是有些沉重的东北，那么，从卢海娟的散文中，我们又会看到东北的

另一个层面：平淡中的真味，简易里的精致，清素下的高贵。

写民俗散文，很容易流于粗糙，流于低俗，流于浅薄。她却把民俗写得诗意盎然，饱蘸生命的清芬。"如今冬天又来了，我仍然会去肉案那里逡巡，默默地缅怀那些不断把美味从雪里挖出来的日子，真希望能把温馨宁静的北方生活从雪里挖出来。"就是这样，大面积诙谐幽默的叙述，生动有趣的解说，刚刚还是忍俊不禁，笔锋一转，只一句话，读者却忍不住要泪奔——诗意的语言，魅力大概就在于此。

最重要的还在于她的选材。在东北，孩子出生时要睡米枕，满月后要上摇车，母亲的后背就是孩子的幼儿园；在东北，有温暖的火炕，身份暧昧的驴厩，障子上的陈年往事；在东北，有黏火烧，苏叶饽饽，除夕饺子还有种种彩头……东北有太多太多不为人知的新鲜事，东北生活，有太多太多的小精彩。

我最欣赏海娟女士写东北风情，并不只是猎奇心理，我感觉这里，有作家的责任，有作家的担当，高速时代，浮躁时代，一万年形成的风俗习惯，就在朝夕之间消亡了，我们如何寻觅过去？海娟女士笔下那个东北，也是渐行渐远了，也是快与世界同质化了，当地球果真成为一个村，所有景致都是一样村景，你不觉得乏味死了？海娟女士文章深刻在于，这些文字也是一种拯救，一种挽留，给我们提供一种对地域独特文化的遥遥记忆。也许她瘦弱的肩膀掮不起太多的沉重，但她坚守着，承担着，拾掇往事的碎片，祈望以此连缀成一个完整东北。就让我们透过她打开的这一扇窗，透过长白山南麓的皑皑冰雪，向东北引颈翘望吧。

我与海娟女士结识多年，多是远隔万里烟云，以文字相对望，常常为其轻灵、清秀而细语娟娟的文字而拊掌，而点赞，而歌哭笑乐，而忍不住在QQ上给她留言。也曾兀自慨叹，何日彩云会？没承想，人生何处不相逢，有缘万里可相会，2014年8月份，感谢河北《思维与智慧》杂志，邀我参加大连笔会，太有缘了，我与海娟女士相逢大海。见了文字，再见真人，其欣喜为何如？海娟女士话不多，沉静，一如其文字所展现出来的灵性面貌。

相聚日短，情谊绵长。在大连听海娟女士说，她那里五味子可泡茶，味道酸酸甜甜。是吗？真想去一趟，切身感受东北风物，再向海娟女士讨一杯五味子茶喝。

刘诚龙

目录

辑一　土灶里那些美味零食香

003 | 渍在酸菜里的冬天
010 | 俺们东北不饮茶
015 | 雪里挖年货
020 | 除夕饺子有彩头
023 | 清酱飘香的村庄
031 | 苏叶饽饽
034 | 土灶里那些美味零食香
040 | 厨房里的原始美味
044 | 记忆里的东北点心
049 | 用叶子做屉布
053 | 童年的小根菜

辑 二　数九寒天冬至始

059 | 东北有个节日叫八月十五
063 | 杀年猪
069 | 办年货
072 | 怀念曾经的除夕夜
077 | 过年与敬祖
081 | 糊棚裱墙迎新年
087 | 腊七腊八，冻掉下巴
091 | 腊七去采年喜花
094 | 没有棕子的端午节
099 | 正月十五不是元宵节
106 | 东北山民的节日：山神节
110 | 那些可以乞巧的节日
114 | 数九寒天冬至始
118 | 春天，从清明开始

辑 三　筛在笸箩里的细碎光阴

125 | 筛在笸箩里的细碎光阴

131 | 农　历

135 | 幔子也遮不住风花雪月

141 | 纸里层层包裹的故乡

145 | 锄

149 | 锅叉、门叉、刷帚疙瘩

154 | 藏在葫芦里的缤纷往事

159 | 布曾是民间的一味药

163 | 玻璃锤的传说

辑 四　村庄就是我们的幼儿园

173 | 米枕给予的美丽人生

177 | 姥姥"下奶"那些事儿

182 | 村庄就是我们的幼儿园

191 | 小　名

195 | 在学校里参加劳动的日子

201 | 野孩子的寒假生活

207 | 记忆深处的"山勤假"

213 | 难做的小学生

辑 五 我们都是喜欢玩火的孩子

221 | 冬天里，那些滑行的游戏
226 | 小时候，我们最爱"打鬼子"
229 | 那些年我们一起玩的游戏
233 | 嘎拉哈陪我们走过漫长冬天
240 | 我们也玩"躲猫猫"

242 | 我们都是喜欢玩火的孩子
246 | 玩泥巴的岁月
251 | 乡村的快乐与青蛙有关
255 | 乡下的棋子

辑 六　乡下的黄瓜会变老

263 | 障子圈出的记忆

267 | 里屋、外屋和闺房

275 | 记忆中温暖的东北火炕

279 | 有趣的满族地名

284 | 东北老家的菜园子

288 | 乡村的驴厩

292 | 乡村的铁匠铺

299 | 乡村的老鳖坑

303 | 乡下的黄瓜会变老

辑 七　做一个兜里揣着煮鸡蛋的孩子

309 | 东北人：你可真有意思

313 | 做一个兜里揣着煮鸡蛋的孩子

317 | 穿新衣，过新年

322 | 打猪草

326 | 家在东北：与便便有关的回忆

330 | 抱鸡崽

338 | "羊喇罐"的前生今世

342 | 东北人：没有事儿

345 | 今晚有电影

辑 一

土灶里那些美味零食香

渍在酸菜里的冬天

农历九月末,白天尚好,早晚则寒风呼啸,夜夜都有霜冻。

白菜虽然长得娇翠、水润,却最耐霜寒。晨起时,总看见绿的菜叶上顶了一头白霜,那一种翠色中似乎也藏着氤氲的水汽,像是被开水烫过。用手一摸,却冰凉刺骨,最外层嫩绿处已冻成硬邦邦的"冰叶"。可是阳光慢慢暖起来后,白菜却会从这冰冷的世界里欣然醒来,脱了霜的帽子,冰的衣裳,仍然英姿飒爽,油亮如同足色的翡翠。

庄稼们陆续归了仓廪。选一个晴朗温热的午后,母亲提着菜刀,带上孩子们去地里"起白菜"。

孩子们的任务就是把大白菜连根拔起,母亲的任务是挑拣、修理。大棵的白菜要连根带叶完整地留下,晒足太阳后放入菜窖,中等的白菜要砍去菜根,修理掉黄病的菜帮菜叶,晒过之后渍成酸菜,最小又没有包心的白菜,或是不小心修理掉的嫩白翠绿的菜帮,则用一根麻绳把它们拴成串,挂在梨树上晾晒成菜干。

在乡下,晒白菜被说成是"困",就是让白菜在秋日里温暖的阳光下午睡,直睡得菜心黄艳,菜帮不再饱藏过多的水分。这也是一项活计,每天日落前,要把白菜收起来,根朝内,叶朝外,摆成高高的圆柱形,上面覆盖稻草——零下十几摄氏度的寒夜,白菜倘若被冻得"透了心",就再也"缓"不过来了,那时候煮出来的白菜会变得稀软,早失了鲜美的味道。

"困"过三五天,或是一周左右,中等的白菜更加"皮实",可以用来渍酸菜了。

缸是用长白山下的黑土烧制的,最大号的高一米多,缸口直径也是一米有余。母亲把缸刷洗干净,在厨间靠墙放好。又抱回许多劈柴来,烧了一大锅开水。母亲早已把白菜工工整整地摆在锅台上,菜根朝里,菜叶朝外,摆成高高的一摞。锅盖掀开,把大摞的白菜向锅中一推,它们便直立着齐齐扎入水中。菜帮肥厚,要烫得久些,然后翻个儿,让菜叶也氽一下水,便可捞出,晾一下。

一边继续用沸水氽白菜,一边翻晾,等到白菜不再热得烫手,便可以"码缸"了。"码缸"的规矩是根部朝外,叶子朝里,码一层,撒少许食盐,码得越实、越紧密越好。等到码了大半缸白菜,母亲便在上面铺一条干净的麻袋,叫过搬运白菜的孩子来"踩缸",孩子们争着抢着跑过来,母亲便把一个小胖子抱到麻袋上,小胖子哈哈笑着撒着欢儿在上面又蹦又跳,这样折腾了一气,缸里的白菜被踩踏得更为紧密些,母亲便继续"码缸",等到白菜与缸沿平齐时,再让小胖子尽情地踩一遍,然后再码入白菜,直到白菜从缸上高高耸起,堆成一座小山,母亲才烫些小白菜或是菜叶封了顶,这缸菜就算码好了。

二十世纪七十年代交通不发达,经济又落后,酸菜是东北漫长冬天的主打菜,因此,每家至少要腌渍两缸酸菜。

码好了白菜,过一两天后再往缸里添入足够的水,然后在酸菜上压上一块石头,这项活计便完成了。

压酸菜的石头是长白山人重要的家什之一,往往是男人们在河套里精挑细选的。河套里的石头坚硬、光滑,似乎还饱含了水分和大自然的气息。选一块磨盘大的青石,细心的男人还会稍作打磨,搬回家来,稳稳地压在酸菜缸上,等过了半个月之后,白菜慢慢发酵,曾经小山似的尖顶也陷入缸口之中,在青石板的镇压下,压实的白菜泡入水中,不与空气接触,乳酸菌从容地成长起来,这时,酸菜缸会不时地冒出几个小泡泡。一家人的餐桌上,酸菜就

可以唱主角了。

母亲从缸里捞出一棵酸菜来,这时的白菜已没有了最初的素白青绿,反从里到外透出一种诱人的淡黄,尤其是嫩黄的菜心。不知道乳酸菌做了多大的暗地里的工程,竟然把那么泾渭分明的颜色揉碎了,搅浑了,又重新润染了——白菜改头换面,变得黄透,变得柔韧,好像那些需要细致整理、慢慢回味的苍劲老旧的岁月。

母亲刀功娴熟,把肥厚的酸菜帮片作三五层,再细细地切作丝,用来烹炒、炖肉或是下火锅。母亲总用荤油炖酸菜,长白山的冬天地冻天寒,母亲炖一锅热气腾腾的酸菜,父亲便去墙壁上摘下挂在那里的晒干的成串的红辣椒,就着灶膛里的火烤了,转眼间屋子里就弥漫着烤辣椒的刺鼻的味道和别样的芳香,辣椒被烤得黑红相间,用手一捏,就碎了,这便是吃炖酸菜的最好佐料——细碎的辣椒撒到酸菜之中,又酸又辣,吃起来很过瘾,不过这只是东北男人的吃法,妇女和孩子,大都不敢吃辣椒。一碗酸菜汤,就是贫穷日子里独有的滋味。

东北人最爱吃的,恐怕就是酸菜馅的饺子了。酸菜属于百搭菜,猪肉、牛肉、羊肉均可以调配,离家在外的游子,想起家来,就不免会想起让人流口水的酸菜馅饺子。

还有杀猪菜。一进腊月,乡下人就开始张罗着杀猪,准备杀猪的人家会很隆重地定下日子请亲朋好友来"吃猪肉"，这一天，男人们忙着抓猪宰猪给猪开膛破肚，女人们则要切出两三盆酸菜来，等男人们把猪收拾好，便把大块的五花肉和大块的猪腿肉切成方块下到锅里去煮，煮到猪肉软烂，肉香四溢，下入酸菜，开饭之前再下入煮好的猪血肠，就可以上桌。半厘米厚，差不多十多厘米长的"猪肉片子"，无论大人小孩，都能很解馋地"造"几块。小作坊酿的酒，度数高着呢，男人们各自倒上半碗，大碗酒，大块肉，加上东北人特有的大嗓门，这一天过得可真热闹。

近年有人怕了，说腌渍的食物含有致癌物，不过我也听专家说，短期腌渍的蔬菜会使植物结晶出亚硝酸盐，然而经过漫长的腌渍之后，亚硝酸盐又将慢慢分解，形成新的物质。好在乡下人腌渍酸菜从来就不是速成的，他们总是按照老辈人传下来的规矩一丝不苟地操作，老辈人说，酸菜不腌到一定的时候是不能吃的，非得等到过了半个月之后不可。不错，这时候亚硝酸盐早已经蜕变成了他物。

就算没有变化也无所谓，酸菜深深扎根在东北人的基因之中，从牙牙学语，到耄耋老年，哪一个冬天能少得了酸菜呢？没吃过酸菜，就仿佛与冬天失之交臂，与东北老家背道而驰……

在霜秋里，在阳光中，在青石板下，阳光的味道，河里青石的味道，在十摄氏度以下这种不太高的室温内，在乳酸菌从容漫长的作用中……一棵大白菜走过属于它的时光之旅，慢慢地、慢慢地演绎、变化，最终发酵成味美可口、醇香绵长的酸菜，就像窖藏在记忆深处的，从容安逸的老东北的慢生活。

俺们东北不饮茶

在俺们东北，茶的概念很具体：从前是茉莉花茶，现在是龙井、金骏眉、铁观音、普洱……小小的一壶便要捻出好几张粉红的钞票，寻常百姓提起来，不免暗暗撇了嘴，啧啧叹惋——喝茶，实在是一件很能"装"的事。

也是。近六个月的漫长冬季，冰天雪地的，大家聚在一起喝点小酒，吃点炖肉烤肉，用大鱼大肉积累可以抵御严寒的脂肪，把小日子过得热火朝天、热热闹闹，这才是正事，倘若煮一壶茶，细斟慢品，"精舍云林、寒宵兀坐"，结局必然是茶成冰，人发抖，越喝心越冷，越喝情越凉。

不过，喝过小酒，口渴也想摆出饮茶的做派：哥几个吃五喝六进了谁家的门，此时主妇便去塑料袋里抓一把掺了茉莉花的茶屑，投入暖瓶中，再灌入两瓢开水。大家脱了鞋子盘腿坐到热热的火炕上，每人面前摆一个粗瓷大碗，主妇拎着暖瓶依次把碗注满。水是褐色的，上面漂浮着茶叶的碎末。牛皮吹得差不多了，茶水不再热得烫嘴，男人们便捧起碗，埋了头，咕咚咕咚一顿鲸吞牛饮。末了，吐出嘴里的茶叶末，伸出碗来示意主妇：再来一碗——两三暖瓶水后，注入碗里的茶再没有一点颜色，已经完全淡成了白水，此时已近午夜，大家纷纷下地穿鞋，回家睡觉。

其实，小孩子们都不愿意喝这种浮着碎末的茶水，俺们也不爱喝。"喝茶"只是为了装一装门面。每到春节，俺们最爱喝的就是李子皮水和梨坨子水——每年秋天野果成熟时，山里人家就会赶着牛车，带着麻袋上山采山李子和山梨。把山李子的核挤出来，或者用刀削出来，晒干，是谓李子皮；把山梨的皮削掉，晒干，再用麻绳穿成串，挂在仓房的梁上，这就是梨坨子。等到冬天，把李子皮或是梨坨子加入白糖煮开，像泡茶那样慢慢地闷一下，等到那水有了一点胭脂红，喝起来又酸又甜，大家便可一饱口福——李子皮水和梨坨子水一直是俺们最爱的饮料。

偶尔，女人非常时期也会为自己煮一碗山楂红糖水，趁热喝它两大碗，喝得热血沸腾，浑身通泰。没有人会称之为山楂茶，茶是个高高在上离俺们很遥远的名词，是植物中的贵族，在东北，俺们乡下人喝的，只是些汤汤水水。

一听说南方人要吃早茶、午茶，还要喝下午茶，东北人就怕了，俺们吃惯了大米干饭猪肉炖粉条子的粗肠大肚，冷不丁换成清汤寡水一天三顿的"茶"，那样的日子可怎么受得了？更何况喝茶还有诸多讲究。"松月下，花鸟间，清泉白石，绿藓苍苔"——这么美的环境，俺们一般都是聚了一群人来野餐；至于"素手汲泉，红妆扫雪"——美人在侧，只怕喝茶也喝得不那么安生吧？俺们东北人做不了柳下惠呢。况且还要"船头吹火，竹里飘烟"——俺们想来想去都想不到茶，只想带上美人去私奔——看来喝茶这种大雅的事，天生就不属于俺们这种大俗的东北人。

近来，俺们这里也建了雅舍，有一间叫作什么茶楼，楼内游鱼盆景、名人字画以及复古文艺风格的室内设计让俺们有瞬间的恍惚，以为自己也沾染了南方风流倜傥的文人雅士的格调。茶楼内，俺们正襟危坐，捏着牛眼珠子大小的茶盅，一口就吞了盅里的茶，连嘴巴都没有润湿，更别提什么茶味、禅味、人生况味了。当俺们举着茶盅继续要茶，五只手指像凤尾一样挓开，被茶道爱好者痛心疾首地拢回时，才不得不承认，俺们就是来自东北乡村的、纯粹的下里巴人，没有经过系统培训的味蕾和本人一样粗糙迟钝，品味不出名门好茶数十道工序精心加工出来的层层深入的味道，无论如何也无法进入品茶的情调。

相对短暂的仲夏，零上三十几摄氏度的气温对于俺们的身体来说亦是一种考验。每当此时，俺们也会熬一锅冰糖绿豆粥来解暑。当然，俺们最怀念的，还是小时候家乡的老井，把水桶挂在井绳上，咯吱咯吱摇动辘轳，汲一桶沁凉的水上来，用瓢舀了喝，井水微甜，冰凉彻骨，巨大的葫芦瓢遮住了整张脸。一扬脖，咕咚咚喝下半瓢，凉水顺着脖颈流到肚皮上，那才叫解渴，那才叫爽。

俺们很少饮茶，总觉得跷起兰花指小口轻啜是一件很不过瘾的事。

雪里挖年货

在我们长白山下，冬日里常常会有接近零下三十几摄氏度的严寒。在这里，缺少脂肪的骨感美人恐怕要不胜其苦度日如年了。地道的东北女人大多身材丰满，凹凸有致，这是因为花样繁多的肉食会在冬天为女人们穿上一件脂肪的厚衣。我爱吃肉，我喜欢东北热气腾腾的肉带给我的温暖，喜欢不断地买肉回家。

住在乡下的时候，只要下过一场大雪，我就会兴致勃勃地在房后的菜园里放上一口用东北黄泥烧制的大缸，自此，便不断地买回各种肉食的材料：有用来做红烧肉或是烧烤以及炒食的肥瘦相间的五花肉，有用来煮食的猪后鞧，有排骨还有里脊，有整套肠与肚的下水，猪蹄猪耳猪尾巴……还要赶去卖牛肉的摊床，脑子里已经满是酱牛肉、牛腩柿子汤、酸菜汆丸子的美味，既要腱子肉，又要买牛腩，还要买牛尾来炖好喝的牛尾汤。运气好的时候还可以淘到鹿肉、野猪肉、狍子肉，品一品山野的味道……

整个冬天，大块大块的肉材被我接连不断地买回来，每一次我都会做精心的整理，放到户外冻成硬块，然后在房后的大缸里铺上一层雪，无须保鲜膜、塑料袋，肉们被我整齐地裸放在缸里，然后盖上雪的薄被，让它们在雪里安然甜美地酣睡。

我是个买肉的狂人，总以为不同的猪肉会有不同的味道。每年冬天，一口大缸都远远不能承载我热情高涨的买肉的欲望，更何况与肉们一同挤在一口大缸里的还有黏豆包、大煎饼、小豆腐，这些东西曾是我们冬天的主食。

因此，院子里的雪堆，菜地里的大肚子雪人，都成了我藏肉的秘密载体，我像一只贪婪的松鼠一样，把买来的鱼肉藏在雪堆里、雪人的肚子里——遍地都是。

直到家人发出严厉的警告，自己也确信有足够的肉可以喂饱饕餮的眼睛，我才恋恋不舍地告别肉案。每天回到家，我都像个寻找圣诞礼物的孩子那样，寻寻觅觅地把肉从某个雪堆里挖出来。

五花肉和我刚刚塞入雪堆时一模一样，雪连同冰冷的空气让它在新鲜的那一刻完全定格。我把它洗干净，趁它

还冻着,把它放到砧板上切成我想要的薄片或是方块,用来烧烤、清炒或是红烧,我甚至可以把它切成细碎的颗粒用来做饺子的馅。猪肠和猪肚放到盆里化透,我要为它做彻底的清洗,在乡下,屠夫习惯于把猪肠扔到雪里,用脚踏上去踩碾做最初的洗涤,我当然是不做这一程序的,不过觉得这种清洗猪肠的方法很有游戏的味道,让人心生向往。

春节之前,那只巨大的整只猪后腿被我从雪里挖出来,化透,全面清理之后把骨头剔出来,把肉割成整齐的大方块。在大铁锅里添上清水,加上厚片的姜,用手掰成两三截的葱,还有八角、陈皮以及用纱布包好的花椒,把切成方块的肘子肉放到锅里煮。旺旺的劈柴在灶膛里噼里啪啦地燃烧,那种纯粹的肉的芳香在寂静的原野里缠绵缭绕,把我们的神经都香得酥了、软了,这是我们东北人最爱吃的肘子肉,离家的游子怀念年的味道,大概就是这凝聚在咯吱咯吱冰冷的雪路上喷香的肘子肉的味道吧?

煮熟的肘子肉满满地挤在搪瓷盆里,可以趁热切成薄片蘸蒜酱吃,也可以冷拼成水晶肘子。这肉肥而不腻,保持了猪肉最为原始的味道。

就是这样,没有繁琐的细节,不讲究系统的刀功,也不挑剔火候,本性、自然——东北菜像极了朴素自然的东北人,严寒也好,酷暑也罢,我们一直在努力调整自己,顺应自然,顺应天命,更顺应自己的本性。

总觉得放进冰箱的冻肉会失了它的真味,远不及雪可以保护肉的本真,因此,正月里雪下得少了,也便失去了买肉的激情,没事的时候,倒常常拿一根光滑的木棍去捣那些雪堆——当初只顾疯狂买肉,到底把肉藏到哪个雪堆下面,已然忘记。有时忽然从雪堆里面捣出一块肉来,便会喜得乱叫,好像这肉不是我买来藏好的,是它自己钻到雪堆里似的。

如今冬天又来了,我仍然会去肉案那里逡巡,默默地缅怀那些不断把美味从雪里挖出来的日子,真希望能把温馨宁静的北方生活从雪里挖出来。

除夕饺子有彩头

东北人爱吃饺子,有"自在不如倒着,好吃不如饺子"的俗语。平日里吃顿饺子,做馅料的菜可以任意选择:春有小白菜,夏有山野菜,秋天可用菌类,冬天有美味可口的酸菜,一年四季不断变换馅料,百吃不厌。包饺子时,倘若觉得面和得多了些,饺子的皮就可以擀得厚些,或者少放些馅,反之则多放馅,结局总是最后一张饺子皮包了最后的馅,两下相当,没有剩余。

除夕的饺子就不一样了,下意识中,主妇总会多准备些馅料,因为在我们长白山脚下的百姓人家,包饺子的结局还有预测功能呢:老辈人一直笃信,饺子包完后,剩了馅,预示着来年有钱花,剩了面皮,预示着来年有衣穿——现在人们的衣服都穿不完,还是"口袋里有花不完的钱"这种结局最实惠,因此,主妇们在准备馅料时难免就藏了私心,以至于剩下馅料的人家总是很多。倘若像平时一样两下正好,原本应该是个好彩头,可是问话的人总是说,剩下了什么,"什么也没剩"这话听起来总不那么入耳。

用作饺子馅料的菜也是有选择的,最好用芹菜,表示要勤劳致富,也可以用萝卜(谐音"罗福"),还可以用白菜(谐音"百财"),要含有祈福纳祥的意思。近年也有用韭菜鸡蛋做馅的,韭菜谐音"九菜",预示来年会吃到丰富的美食,鸡蛋在民间一直有"滚好运"的说道——虽然用馅料祈福有些牵强,但因为流传已久,早已被百姓认可,成为大家的共识了。

馅料的禁忌是酸菜,说这一年会"酸叽溜溜"心不顺,当然,吃饺子的时候也不能吃醋,因为醋也是酸的,寻常百姓,谁不怕遇见辛酸事?

除夕的饺子不但能预测整个家庭的运势,对每个家庭成员也会作出神奇的预测。

包饺子时,其中四个饺子要分别放入糖块儿、硬币、豆腐和木炭,吃了包有糖块儿的饺子,这一年心甜、嘴甜、生活甜甜蜜蜜;吃了包有硬币的饺子,这一年财源滚滚,有钱花;吃了包有豆腐的饺子,这一年大享其福,荣华富贵;吃了包有木炭的饺子,说明这家伙是个黑心肝,哈哈,看来即使是过年时，一个温馨的家庭也还是需要一个坏人，想知道藏在家里的坏人是谁吗？你用饺子一测便知。

饺子里包木炭这种绝招不知是哪位先人发明的，虽然预测方向有点不合乎过年的主旋律，但正是这块木炭最能引起争议，一般的情况是饺子吃完了，谁都不承认自己吃到了木炭，于是相互猜测，相互诘问，以至于"年"过去了好久，大家还在探讨这个可以互相取笑的话题——这真是个有趣的小插曲呢。

包饺子被称为"捏元宝"，煮饺子当然也是件隆重的事，一定要男人来煮，因为这是一锅"元宝汤"。

男人煮饺子，女人做场外指导。女人伸着脖子笑嘻嘻地问："挣没挣（原意是饺子有没有煮破）？"

不管饺子煮得怎样，男人都心领神会，美滋滋地应答："挣了挣了，挣了好多呢。"

哈哈，彩头讨到喽！言外之意大家都懂得。

饺子煮好了，捞头一笊篱时，打开门，一个向上扔，敬天，一个向下扔，敬地，剩下的倒在小盘子里，敬祖宗，之后捞出的饺子大家才能一起吃。

小孩子眼巴巴，就想吃到包了硬币的那枚饺子。老奶奶扁扁嘴，吃饺子前还不忘讨吉利："压元宝喽！"

这就是我们的除夕饺子，既有预测功能，又可以左右一年的运势——饮食中的神品。

清酱飘香的村庄

酱是乡村的味道,乡村的风景,也是乡村女人一生都在谋求的最重要的证书。每一位青春烂漫的新娘都是从做酱开始,走入从容淡定的农家生活的。

要想做出最好的酱来,就要把一年的日子揉入精心挑选的粮食之中。

首先要选子粒饱满的金黄的玉米,让它们晒过温暖的阳光,晒干了水分。农历二月,择了"初八、十八、二十八"这样的吉日,就可以相继炒"酱引子"了——没有"引子"的酱就好像没有引子的药一样,找不到治病或是滋养的走向。

炒"酱引子"其实就是炒玉米粒,这可是乡间的大事。

彼时，村巷里炊烟袅袅，炒玉米的细碎音乐敲开了乡人的笑靥。浓浓的玉米香冲开了柴门，邻人和孩子已相继而来，炒熟的玉米放在柳条笸箩里，大家无需客套，抓出热热的一把，一边"扑扑"地急于吹凉，一边急急地放入嘴里，"嘎嘣嘣"的脆响之后，玉米香味透过口唇以及肺腑让整个村庄都在做深呼吸。

而此时，年轻的女人仍然在锅台前忙碌地翻炒，或许已被熏烤得鬓发微乱，香汗涔涔。

孩子们的嗓门儿更高了，出出进进跑得更勤了。因为，他的衣袋里装满了好吃的"苞米豆"，他的身边必然会围了一群小伙伴，一个个伸着脏兮兮的小手，觍着讨好的笑脸低声下气地哀求"给咱点儿"，让他觉得自己一下子变成了富豪。

炒熟的玉米用石磨推碾就是第二天的事儿了。只是，驴子实在难以抵御诱惑，就算主人又是拍打又是嗔骂，它仍然会频频偷嘴。一边敲打馋嘴的驴子，一边磨上磨下地忙活，这样，又过了大半天，玉米终于被磨得足够细碎，这时还要用上箩，把玉米面筛出来。

舀一匙过了箩的玉米面放入搪瓷缸里，再加入一点白糖，用开水一冲，就会冲出甜甜稠稠的面茶来。小孩子们吃得急，面茶糊在嘴巴上、脸蛋上，像一只花脸猫。

吃过面茶，制作"酱引子"的最关键的工序开始了。

净了手，把面和好，团成排球那样大的面团，面团的外表要尽量拍得光滑，面团放到案上，既不能碎裂，又不能瘫软变形。

十几个面团团好后，家里的男人该出场了，选粗壮干净的稻草，在草房通风又干燥的顶棚上铺好，把女人递过来的面团整齐地摆放在稻草上面，蒙上厚厚的毛边纸——这些面团要在这里不受任何打扰地被隔上一年的时间。

第二年农历四月，男人再次到顶棚上把"酱引子"取下来，此时焦黄圆润的面团已变得干硬、灰败，比男人的拳头大不了多少。它们一身灰霾，有的还长满了灰绿色的毛毛。

把它们扔到筐里，到河套按到石板上用刷子用力刷好后，掰开，放到阳光下曝晒，充分杀菌。倘若面团当初的水分适中，并且顶棚的温度、湿度、通风良好的话，掰开"酱引子"，除了薄薄一层灰，里面那一团浑厚凝重的深红，仿佛在述说着时间的积淀、日子的厚重。这深红就是未来的酱的颜色，看到这一团红，一家人都会喜笑颜开：未来这一年，红红火火的除了酱，还有日子和希望。

大豆是早就选好、洗净了的，放到锅里煮熟，让金黄滚圆的大豆伸了腰，变得饱满肥硕起来，然后再用慢火焐上一天一宿，焐出大豆中吸入的水分，让它变得香软、红透。刚刚煮熟的大豆拌上点盐，吃起来越嚼越香，回味无穷，等蒸过两三天后,豆子的口感就会变得面糊糊的,已经有了酱的味道。

把焐好的大豆晾凉,把刷洗后晒干的"酱引子"掰成小块。"酱引子"的作用主要是为酱染色,它的分量决定了酱的颜色。再加入足够的盐,从老井里汲了冰凉冷冽的水,于四月初八、十八、二十八这三天中任选一天做酱(之所以选择这三天,是因为酱是需要慢慢发酵的,这三天做酱是取"发"的谐音,希望酱能顺利地发酵)。

把石磨洗干净,怀着憧憬的心情推碾了精心准备的原材料,看到酱从泛着青色的石磨中蜿蜒曲折地流出来,流入木板做成的磨盘上。女人一边赶着驴子,一边小心地把酱盛入盆中,再倒入菜园里葡萄架下早已准备好的酱缸里。酱是不肯屈尊于拥挤低矮的草屋中的,而且,严格地说它此时还不能被称为酱,它还需要很多来自自然的元素在不知不觉中掺入其中。

阳光是酱的生命,在阳光的曝晒下酱变得益发红艳;白天与黑夜的阴阳交接是酱的智慧,酱需要在冷热交替中完成自身微妙的变化;风声和虫鸣是酱的情感,没有了这些伴奏,酱就容易酸……不知不觉间,酱在植物们的簇拥下开始发酵。

酱就像贵族一样需要精心呵护,它的一生都离不开阳光的照射。酱缸上要蒙上一层纱布,使酱通风良好,可以

自由呼吸又不会落入蚊蝇或是别的生物;纱布上要钉一个红布条,这是为了给酱辟邪,使它不受肮脏外物的侵扰,干净、清香;还要准备一个秫秸帘子,晴朗的晚上盖在酱缸上,就好像空调房里要盖上一条毯子;更少不了一个圆锥形尖帽子一样的铁皮盖子,我们叫它大酱帽子,这样,雨天才能盖得严实,严格防止雨水的落入。

下酱之后三天之内不动酱缸,为的是使各种材料彼此融合。三天之后开始打耙,酱耙是用杨木或者椴木做的,这两种木料平和、没异味。酱耙的直杆比酱缸略高一点,另一端是一个边长十厘米左右的正方形木块。酱耙都是好木匠做成的,是"卯榫"结构的,不可用钉子,因为铁钉子在盐里会生锈。

每一天太阳出来时,由家里的老婆婆或是小媳妇打开"酱帽子",拿着酱耙在酱缸里按一定的方向搅动,通过搅动让酱块充分溶解、融碎。同时把酱块里的杂质、发酵时长的白毛搅到酱面上,用勺子把那些沫子撇出来扔掉。

打酱耙要有耐心,一次最少打一百下。一周左右,酱开始发酵,这时再打开酱缸,会飘出阵阵酱香。

没满月的酱是不允许生人随便来看的,尤其是女人,大家都墨守这个规矩。端午前后,酱终于成色十足,走上了人们的餐桌。园子里的蔬菜正是时候,只要蘸上一点酱,植物们的滋味就会变得丰富、充满了内涵。

村里的女人们开始相互走访,暗暗地把各家的酱做了比较,原料大同小异,可是酱的颜色、风味却各不相同。倘若哪家的酱被大家评为头筹,就是为这个家庭颁发了"巧手媳妇"的证书。

一缸酱可以让一家人吃上一年,即使在滴水成冰的冬天,酱缸也可以安然地放在室外,就像长在园子里的植物一样,酱总是在广阔天地之间安身立命。

关于酱,刘熙释名云:"酱也将,能制食物之毒,如将之平暴也。"《本草纲目》中对酱的解释是:咸,冷利,无毒,可除热,止烦满,杀百药及热汤火毒。

酱如此平凡又如此霸道,在从前的岁月里竟有着这样从容而又庄重的身世。它从容淡定,经过四季的漫长孕育,栖息在主人的菜园里,聆听过自然的悄语,守候过四季的辰光,只有它,最懂得那些传承已久的古老岁月,最懂得与自然水乳交融的精致生活。

在东北,有了酱的值守,日子便多了一分质感、一分味道。

苏叶饽饽

在我们老家,每年盛夏,女人们都会张罗着蒸一锅苏叶饽饽,饽饽蒸好了,必是东邻一盘,西舍一碗,整个乡村都会品尝到苏叶饽饽的味道——想关上门独自享用是不可能的,苏叶饽饽实在藏不住那扑鼻的香。

剥开蒸熟后褐色的苏叶,雪白、软糯的饽饽便露出真面目来,它看起来像极了满族人圆滚滚的枕头。因为在蒸制之前苏叶上涂抹了豆油,因此雪白面团上隐隐有微黄的油的痕迹,勾勒出苏叶清晰的脉络和纹理。半剥了苏叶,有苏叶的地方便是抓手,不然,那黏糯的表皮只怕要与手指纠缠不休了。

可以趁热吃。苏叶饽饽白白软软的,苏叶的味道很让人迷醉，再加上甜甜的红小豆馅，咬一口，香软滑腻，舌尖齿腭都仿佛得了慰藉，得了关爱，配上一碗老黄瓜汤，真是吃得"连姥姥家姓什么都忘了"。

苏叶饽饽的主要成分是本地栽种的糯米，老家人称之为"黏大米"，把黏大米淘洗干净，浸泡一周左右，水磨成粉，再把自家产的红小豆煮烂，拌入适量白糖，主料便准备好了。

乡下的田里到处都是紫苏，女人在家里忙活，小孩子便扪了筐去野外采苏叶。苏叶是公共财物，连招呼也不用打，谁都可以推开菜园虚掩的门去菜地里采摘。苏叶一摞一摞整齐地放在筐里，回家后用清水洗净。碗里注入大半碗清水，再倒入豆油，金黄的豆油漂浮在水面上，此时，取两片苏叶，右手这一片，叶面向里，把叶尖和叶柄捏到一处，叶中便出现圆润的弧线，伸到盛油的碗中，沾了油，与左手那一片叶子合拢到一处，轻轻涂抹，尽量让豆油均匀地沾在两片叶子上。

苏叶正反两面是有细微差别的：朝向太阳的一面光滑、翠绿，背向太阳的一面苍绿、叶脉突出，且有细小茸毛，因此沾油的一面一定是背面。

把红小豆用黏大米面包好，搓成圆柱形，用苏叶一裹，放在笼屉里，大火蒸熟，苏叶饽饽就做好了。打开锅，稍稍晾一下，女人们忙着再做一个相宜的配菜——与苏叶饽饽最搭的，是老黄瓜汤。

一定要黄瓜架上自然熟透的老黄瓜,瓜皮上有黄褐色皲裂的纹。用"黄瓜挠子"(一种类似于用来削土豆皮的刀具)刮去老皮,然后顺切一刀,刮净里面的瓤,收拾干净后,用黄瓜挠子顺着黄瓜削,削成薄厚均匀的长长的片。

锅里烧开水,把削好的老黄瓜片入开水汆一下,投凉备用。半透明的老黄瓜片状如翡翠,透明的白中隐隐露出一丝绿意。

锅里加油,葱姜蒜爆香,添上水,加入薄薄的五花肉片、适量的小虾米煮到滚开,下入黄瓜片,煮到黄瓜片完全透明、熟烂,再加入盐、味精,撒香菜末,滴入几滴老醋,便可以上桌了。

喝一碗热乎乎的老黄瓜汤,吃一口软糯香甜的苏叶饽饽,这是夏天的节日,是我们小时候最盼望的事。

其实,小孩子更喜欢凉透的苏叶饽饽:黏大米面晾凉之后,会变得更筋道,更有嚼头,小豆也并未捣烂如泥,凉透的豆皮和豆沙自有不同的滋味,吃起来滋味繁复,余味无穷。

因为苏叶饽饽看起来很像一只蹲伏的小老鼠,因此乡下人还喜欢叫它"苏耗子"。

如今,又到紫苏叶子成熟的时候了,即使在小城,也可以看到遗落在角落里的紫苏,这是我喜爱的植物,我要去郊外采摘苏叶,蒸一锅香甜美味的苏叶饽饽。

土灶里那些美味零食香

住草屋时,灶是石头砌的,灶门口挖一个浅浅的坑,我们叫它灶坑。小时候,我们最爱蹲在灶坑前,这里既可以取暖,又可以加工出无数的美味小零食。

长白山区的冬天,午后四点太阳已经落山,十六个小时的漫漫长夜拉开了序幕,那时乡村既没有电视,又常常停电,一家人围坐在一起,靠讲故事、猜谜语打发漫漫长夜。

十六个小时,肚子怎能不发出抗议?好在菜窖里多得是土豆和地瓜。吃过晚饭,灶膛里红通通的火炭已半明半暗,柴灰却热得烫手。把掺了细碎炭火的柴灰扒出来,堆到灶门口,把土豆或是地瓜埋进去,等到大段的故事讲完,猜谜语也尽了兴,小孩子摸着肚皮嚷着要吃东西时,主人便擎了一盏油灯，端一只簸箕或是笸箩，把土豆地瓜从火堆里扒出来。

热腾腾的土豆地瓜端上炕，讲故事的、听故事的，眼睛全都亮起来，抢一个热热的土豆在手，烫得两只手来回地倒换，然后就便向炕沿上、窗台上轻轻磕打一气，磕下一些灰土来，再噘起嘴唇瞪着眼睛噗噗地吹一阵，吹得尘土飞扬，几乎眯了眼，跷起兰花指，用拇指和食指捏着土豆或是地瓜，一丝一条剥下皮来。土豆香气浓郁，地瓜则甜腻腻的，软软糯糯。那些碰到炭火的地方烧得焦煳香脆，剥了皮，那焦黄的颜色让人垂涎欲滴——想吃的人尽管着急，却要耐心地把焦黑的皮刮下来……一时间满室飘香，人们全都聚精会神，剥了皮的土豆呈现出一种温暖甜蜜的奶黄色，那味道，闻起来已让人迷醉，咬上一口，热热的，又面又香。地瓜则比土豆软糯，而且搁得越久糖化得越厉害，因此地瓜更加甜软，是小孩子们的爱物。大家吃得热火朝天，连鼻孔里也有又香又热的气味钻进来。

埋进灶坑里的土豆是不曾洗过的，有的土豆皮上还沾着田里的泥巴；柴灰也是很难缠的东西，磕打也好，噗噗地吹也好，都无法把灰和土清理干净，加上烧焦的土豆皮一片焦黑，因此每每吃掉一只土豆，手上总是沾满灰土，又因为土豆地瓜总是热气扑鼻，搞得孩子们总是流了口水也流了鼻涕，笨手笨脚的小孩子常常把柴灰抹到脸上，变

成"花脸猫",惹得人们一阵笑。

整个的土豆和地瓜不能放到旺火里烧,倘若火太旺,表层焦煳,里面却仍然生硬,不好吃。只有热灰和碎碎的炭火掺杂的才好,把土豆和地瓜埋进去,慢慢煨,时间就是它们唯一的、也是最好的作料。

倘若想吃烤土豆片或是地瓜片,则又另当别论,要旺旺的火炭才好。"上好佳""乐事"……此时常常要进超市的我,忽然发现薯片竟然有了让人目不暇接的各种品牌,成为当今社会大人孩子们的最爱——我小的时候,每个孩子都曾试图烤出焦黄美味的薯片来,从贫困的从前到富庶的现在,薯类永远都是人们的最爱。只是当初那些孩子都没有成功,火炭上的烤薯片,不是太生,就是焦煳得发出苦味来。

烤咸鱼是一种很奢侈的享受,因为咸鱼需花钱从供销社里买回来。那是些十厘米以内的小鱼,没有人知道它们的名字与出处——把它们放到炭火上烤,顷刻间满屋子都是鱼的咸香,把鱼的两面烤得焦黄,配上玉米面锅贴大饼子,那种味道,现在想起来还口舌生津,垂涎欲滴。

那时候,我们就像馋嘴的小猫,总会对满天飞来飞去的麻雀心生梦想。男孩子们有的是力道十足的弹弓,可惜他们很难让子弹正中瘦小的麻雀,有的孩子还会冒险去拽马尾,用坚韧的马尾做成绳套,拴在杏荙棍围成的圆圈上,放到草垛上，这种笨拙的玩意儿，有时也会碰到傻透的鸟儿落网。等到雪大的时候，还用筛子去扣……好在大多的麻雀都精明得很。偶尔弄到一只，得意的孩子必然大声吆喝显摆一下，于是把麻雀扔进烧得旺旺的柴火当中，让火苗烧去鸟儿的羽毛，及时拿出来把翼下腿根的毛清理干净，开膛破肚，扔掉肚肠，均匀地撒上一层盐面，再放回炭火上烤，此时必有好几个孩子挨挨挤挤地蹲在灶坑前，眼巴巴地向火光处望。小麻雀渐渐被烤得泛黄，滋滋地冒出油来，香气弥漫，沁人心脾，孩子们不时地吞着口水，等到最后，虽然分得的那一小块肉还不够塞牙缝儿，可是对美味的憧憬和热望却在那红红的炭火上生了根，让贫瘠的童年充满了微醺的香，回忆也变得焦香酥脆。

春天里，很多植物只要在灶火里煨一下，就会散发出别样的滋味："山苞米"生嚼起来就是一株草的味道，可是只要投进灶里，在灰火上走一遭，立刻就芳香扑鼻，发出甜玉米的味道；"老瓜瓢"的根在土里四通八达，像是会跑的细绳子，把它们拽出来，在灰火里煨一下，又面又甜，比土豆还要多一分野性的香；野百合的鳞状根咬起来沙沙地响……

还有青蛙，这可是我们当初无上的美味。每到开犁种地的时候，我们总是跟在犁边疯跑，此时冬眠的青蛙刚刚醒来，胖胖的，却又很笨拙，孩子们很容易就能捉到它。

把青蛙的长腿攥在手里，朝石头上一摔，青蛙便蹬直了腿，死掉了，扔到灶膛里烤熟，此时青蛙还没有出洞，肚子里什么东西都没有，馋嘴的孩子会把青蛙囫囵吞下。蛙肉雪白细嫩，可与最好的蟹肉相媲美。倘若秋天里捉到雌蛙，满肚子都是黑芝麻样的子，更是别有一番滋味，深秋还可以捉到野生的林蛙，雌蛙的肚子里满是香喷喷的蛙油，连成年人见了，也不免要偷偷地咽口水。

最为皆大欢喜的就是烤玉米。夏秋之交，正是农闲季节，女人们忙着浆洗被褥，赶做棉衣，往往煮一锅"大楂饭"做这一天的主食。"大楂饭"要用劈柴来煮，饭煮好了，会有大量的炭火留在灶下，掰几棒鲜玉米放在炭火上烤，一手执烧火棍，一手执扇，听玉米粒在火炭上噼啪爆响，闻着烤玉米的芳香，阳光慢慢地爬过窗格，落在窗台上，日子像稠稠的蜜糖，慢慢流淌——秋天来了，然后又是冬天，灶里又煨上了地瓜、土豆，日子周而复始……

如今，城市里布满了大大小小的烧烤店，一年四季，都可以吃到那些童话和梦想，可是那些血淋淋的材料，还有最初的老玉米全都加上了五花八门的作料，再也吃不出最初的味道。

只有时光像灶膛里的火，渐渐地暗淡下去，暗淡下去，柴灰已然微凉……

厨房里的原始美味

在黑黑的茅草屋里用带皮的原木支起一个架子，再横放几块木板，这就是厨房里最重要的摆设——我们当初叫它碗架。

碗架里几乎没有盘子，只有粗盐，荤油坛子，豆油瓶子，再就是碗了。那种镶了两道蓝边的粗瓷碗，因为用得太久，多数的碗边沿都有豁口，碗内也是黑黄一片，怎么刷洗都显得很不干净。

大碗、二碗、小碗，这便是我们全部的餐具，盛饭、盛菜、盛饺子、盛大酱……没有碗做不了的事，就算到了除夕夜，桌子上也是碗当家。因为就算到了除夕夜我们也吃不到炒菜——当时实在无菜可炒。从我记事时起，我们的年夜大餐就是：饺子，小鸡炖明太鱼。

没有葱花酱油，没有料酒来去除腥味。鸡和鱼也无需做精细的加工，只剁成块就好。锅烧热、油烧开，鸡块洗净、投入、翻炒一下，添上半锅冷水，把明太鱼块放到一边，扔一把粗盐粒，盖了锅，就开始烧火煮，直煮得热气蒸腾，原本黑暗的厨房挤满了湿漉漉热烘烘氤氲的白雾，煮得半锅冷水大多变成了蒸汽，便停了火，用灶里的余温继续"焐"。

贫穷的乡下没有五花八门的作料，却不缺少时间。把三五个小时炖到鸡肉之中——等到把水炖成了云，把朝阳炖成了黄昏，把大块的劈柴炖成了灰烬，鸡和鱼便再也捂不住喷香的味道，放入一把粉条，或许还要添一把柴，这一道吉祥有余、天长地久的年夜菜便可以出锅了。

因为有鱼来加味，鸡肉的香便格外浓郁，也因为有了鸡的味道，鱼也便更加细白鲜嫩。若干年后，小弟说，他也曾学着母亲的样子来炖这鸡和鱼，但加了好多的作料之后，反倒找不见当年的味道。想吃这道菜，只能回到乡下，回到母亲的土灶前。只有母亲，才可以撤掉诸多调料的诱惑，清炖出我们童年那单纯朴素的味道。

嫁人之后，生活条件改善，每年除夕都有琳琅满目的大餐吃也吃不完，传统和新潮的菜肴不断变换，但得了婆婆真传的，却是一种酥脆香甜的小面点。

东北人过年有个不能免除的习俗——烀冻肉。一大锅肉，添了水，只加入八角、葱、姜，烀得烂熟，捞出切片蘸蒜酱吃。这且不说，我此时要用的只是肉汤，趁着肉汤还温热，撇了汤上的浮油，用来和面，面里加入一大勺白糖，把和好的面擀成一张大的面皮，再切成小菱形块，放到油锅里炸，炸成香酥的面点——我们叫它面果。

面果色泽金黄，香甜酥脆，入口即化。这种高脂肪高热量的食物很适合我们东北人在寒冷的冬季食用。有人说这种吃法不科学，但尝过各式各样的西点之后，才发现我的面果远没有西点那样甜腻，那样怪异地刺激味蕾。面果的香味，是散落民间的肉与面混合的香，不繁琐，不复杂，一嗅一嚼，便一览无余。

近年来生活益发富庶，吃惯了各种餐馆中味道丰富浓郁的菜肴，反而格外青睐清淡单纯的味道——儿子喜欢我的圆葱拌猪耳，大概就缘于此吧？

我不喜欢熟食店里的猪耳，他们加了太多的辅助品，附加了太多莫名其妙的味道。我总是买几个生的猪耳，亲自拾掇得干干净净，加入清水、姜片、香葱煮熟，等到猪耳凉透，切作细丝，再切入半颗圆葱，加入香菜段、极少的去了辣筋的尖椒丝，加入盐、白糖、白醋、一点点味精拌匀，就可以上桌了。猪耳香脆、本色，圆葱香辣可口。儿子常常带了小朋友来吃，每一次，他们都会把一大盘圆葱拌猪耳消灭殆尽。

　　与朋友小聚时，有时难免要炫一下厨艺，可是说起来我总是一片茫然：香辣的川菜，甜糯的粤菜我都不感兴趣，就连咸香可口的东北菜，能叫上名的我也很少能中规中矩地做出来，我做的菜和面点，要的是食材本身的香味，它们无法归入某一菜系，因此都是些没有姓名的味道，或原始，或野辣，就像碌碌无为一世无名的百姓——没有人会大书特书普通人的喜怒哀乐，但是，这些无名的人，也曾历经沧桑，活色生香地活过。

记忆里的东北点心

老东北根本没有点心这一说,要么叫干粮,要么叫饽饽。

平时,村里人离不开的是苞米面大饼子。萝卜汤也好,白菜汤也罢,锅里放油,加葱花,添水,等到锅沿微热,女人们就端出一盆发酵好了的苞米面,放一点碱,搋匀,揪一块放到手心里,两手交替团来团去,团成橄榄球形,"啪"地一下贴在锅沿上,依次贴下去,整整贴了一圈。盖上锅盖,一会儿的工夫热气蒸腾,汤沸了,此时停了火,稍稍焐一会儿,揭开锅,一锅出的大饼子和菜汤就新鲜出炉了。靠近汤的大饼子油汪汪的,咸香味美,贴在锅上的部分则烤出了锅巴,香脆可口。端上桌,一家人风卷残云,吃得那个香甜。

剩下的大饼子放到杏苕筐里，高高地挂在房梁上，猫儿嗅到了香味，却够不到，小孩子饿了，爬上锅台，勉强够到筐沿，够出一块干粮，风里跑着吃，身后跟一只伸着长舌头的小狗，小孩子不小心掉一个干粮渣，小狗立刻舔起来。

想要改善生活，就要粗粮细作。一进冬天，女人们就开始张罗，黏火烧，牛舌饼，煎饼，一样都不能少。牛舌饼是城里人的叫法，乡下人其实是用一个很形象的拟声词来命名的，水磨的玉米面或是粳米面，经过发酵后调入小苏打，把大铁锅烧热，舀一勺面倒在锅壁上，稀溜溜的面顺着锅壁向下滑，一直滑到锅心，成了一个长条形的薄饼，翻个儿继续烙，烙出金黄的锅巴，这个舌形的长饼就是牛舌饼。

摊煎饼也是女人们重要的活计，把泡过的玉米楂和适当的熟玉米楂按比例兑好，再兑入少量的黄豆面，也是水磨，磨出稀溜溜的面来，醒上一天。

盘上鏊子，架上劈柴。鏊子上放一块肥肥的带皮的猪肉，猪肉从热热的鏊子上均匀地擦过，留下一层油，就是烙煎饼的油。一张煎饼顶多用一勺稀稀的面，用一套专用的工具：其中长二十厘米左右，梯形的椴木或是桦木的薄板钉一个木棍或是筷子做把手，这个工具叫扒子，是摊煎饼必不可少的；一个油抹布，用来擦鏊子面的；一个十五厘米左右的铁片，一端弯成圆筒形，这是铲子，用来把煎饼与鏊子分离开来。工具准备好了，火也生得旺了，或抿或推，或者就像跳芭蕾舞那样旋转，一张薄薄的纸一样的煎饼就烙成了。

煎饼有软、硬不同的种类：硬者不必加热，可以放置很长一段时间，随时吃随时取，吃时均匀地掸上冷水。折叠成卷，嚼起来很是筋道，又香又有微微的甜味，可以做冬天的零食。软者吃前则需要热一下，也更厚一些，可以卷大葱，或是酸菜，当作主食，也是别具风味。

黏火烧也是我们冬天家里必备的食物，一年大约有四个月的时间我们都在吃它，因此，烙火烧也是女人们冬天里的一项大工程，起初是黏苞米，后来是黏大米，泡上一个月左右，磨出的水磨粉又糯又筋道。用大铁锅把红小豆煮烂，再用勺子碾成泥，拌入糖精，就做成了黏火烧的馅，还有一种馅是苏子的，把苏子炒熟，用擀面杖擀碎，拌入盐就成了。

包黏火烧时女人自己忙不过来，男人们做起家务来又总是笨手笨脚的，那就叫来亲戚家或是邻居家的大姑娘小媳妇吧，今天你帮我，明天我帮你，大家一起干。

一般的人家有两口大铁锅，用铁锅烙，黏火烧常常会粘在一起，粘破了皮，聪明的女人们总有办法把大铁锅改造成平底锅，有的在铁锅上放上摊煎饼的鏊子，有的放一

个铁帘子,更有善于发明的,在锅上放上锯条。有人负责团红豆馅,三四个人包,一个人看两口锅。火烧不能包得太大,更不能露出红豆馅,巧手的姑娘媳妇们包出的火烧圆润、小巧,白白净净,烙出来金黄香糯。烙火烧的那一天,也就不用做饭了,香喷喷的火烧勾着大家的食欲,一边包,一边说笑,顺便吃两个刚出锅的火烧。这天,亲邻也好,过路人也好,只要进了家门,女人就会端出一盘热气腾腾的火烧请你品尝。

烙好的火烧放在柳条笸箩里晾凉,再用簸箕运到仓房早已准备好的大缸里,一天忙下来,烙了满满一大缸的黏火烧,用一口废旧的大铁锅扣上。整个漫长的冬天,女人们一次又一次钻进仓房,掀开铁锅,拣出硬邦邦的黏火烧。熬点稀粥,锅帘子上均匀地摆上黏火烧,粥一沸腾,就撤了火,灶坑里的余火就能把稀粥焐好,锅里的热气也足以让火烧变得一团软糯,与刚刚烙出的火烧不同,又是一种滋味。

如今,这些东西不知何时已被淘汰了,想要吃到记忆里的干粮,往往要去农家饭庄,饭庄里的面点经过调配与加工,口感要比当初好上千百倍,然而食客们从没满意过,望着我们挑剔的眼神,面点师也很无奈——苞米已不是从前的苞米,岁月也不再是从前的岁月,从前的干粮,哪里还能还原,哪里还能找得到最初的况味?

用叶子做屉布

一直以来,我都觉得面食是食物的最高境界,我常常买来大袋的面粉,包饺子、打饼、蒸馒头。

准备蒸馒头时,我早早起床,加一点酵母和好面,用被子捂上两个小时,面案上一番忙活,馒头、花卷、糖角……各种样式的面点放到蒸锅里。一会儿的工夫,一锅热气腾腾的面点就蒸好了,配上小米粥,小咸菜,早餐之后,上班上学绝不误事——我在这方面一直很有天赋。

喜爱面食,是因为面食一直是童年最难忘的记忆。小时候,只有过年过节才能吃上白面馒头。没有酵母,没有面引子,面盆要放到炕上捂上一天一夜才会发酵。自然发酵的面微微有些酸味,要放入适量食用碱或是小苏打反复揉搓，直到把面团揉得像棉花团那样轻飘、绵软，手上不会粘面为止。

施放碱的多少是馒头是否好吃的关键，蒸制之前，要反复检查碱的用量是否合适。把大团的面倾倒在案子上，用刀拦腰一割，如果被切过的地方均匀地布满蜂窝样的孔隙，把刀切的两块面对接在一起不会立刻粘连起来，就说明碱放得恰到好处，有经验的主妇此时已心中有数，开始案上制作。缺乏信心的人还有一个绝招：揪一小块面，捏成指肚大薄薄的面片，放到灶坑里藏着细小火炭的柴灰里烧，倘若面片不久就膨胀成球，这也是用碱成功的标志，可以把面做成各种形状，上屉蒸熟了。

那时候没有蒸锅，无论做什么食物，都由灶上那两口大黑锅来完成。母亲添了水，放上木制的锅叉，秫秸的帘子。没有屉布，为防止面粉从秫秸帘子的缝隙漏出去，常用各种替代品作屉布。

春节期间地冻天寒，用得最多的就是苞米叶子。苞米叶子是秋天扒苞米的时候储存起来的，胡乱捆作一团，掖在障子上。抖落上面的积雪，拽一些拿到屋子里一缓，僵硬的苞米叶子就变得柔软起来，似乎还藏着生命的活力。挑选白净的，用剪刀剪去两头细窄或破碎的部分，再用清水洗一下，均匀地铺在帘子上，或许它还会任性地打成卷，但只要把做好的面点摆放在上面，它就老老实实地客串起屉布来了。

那些蒸熟的苞米叶把它们的纹路印在馒头上,也把它们的味道渗透到馒头里,蹲坐在苞米叶子上的面点不小心就沾染上了苞米的清香。

靠近锅边的馒头有时会长出锅巴,牢牢粘在苞米叶上,扯也扯不断。我们就像小动物捧着苞米叶上的馒头又啃又撕又咬,绝不允许苞米叶把香喷喷的馒头带走一丝一毫。

做过了屉布的苞米叶彻底干瘪、萎缩,扔在地上,馋嘴的小猫小狗还要去闻一闻——回忆里,那时候的面点满是童年的芳香。

中秋时节植物葳蕤,随手可以采得做屉布的树叶,比如葵花的叶子。只要切掉叶柄,那么大的叶子,三两张就可以铺满整个帘子。翠绿的叶子做屉布,雪白的馒头摆上去,没蒸熟,就已经醉了。葵花叶子上蒸出的馒头花卷自然又多出另外一种滋味,可惜的是,葵花叶子太过粗糙,用后只能做猪的食物,人是无法下咽的。

紫苏白苏的叶子是可以食用的,但它们的香气太过浓郁,母亲弃之不用,怕它夺了面粉本身的香。

芸豆的叶子也被人试用过。芸豆的叶子太小,又不规则,帘子上的排布已是个难题,加上它个性太强,总想把自己的味道渗透进去,蒸出的馒头难免会有豆腥气。

比较奢侈的是用白菜的叶子。毕竟白菜是可以食用的蔬菜，不像苞米叶子和葵花叶子纯粹是废物利用。白菜如花一般的叶子依次铺好，上面放上准备蒸制的面点，那一幅美好的画面最让我心动，让我想到岁月静好，生活安逸。

大概是白菜太过中庸的缘故吧，白菜和谁或煮或炖在一处，都不会把自己的味道强加于别人，因此用白菜做屉布蒸出的面食最接近面的原味。白菜叶子肥肥厚厚，蒸制时产生水分，上面的面点一点都不会粘在菜叶上，这也是大家喜爱白菜屉布的重要原因之一。

白菜叶被蒸得软软烂烂，大人们干脆连菜叶一起吃掉。

生菜叶、卷心菜叶以及柞树叶、无毒的大草叶等等，那些年，我们的大黑锅里多的是来自天然的屉布，生命因为它们的参与而变得淳朴自然，记忆也因为它们的存在而变得生机盎然。

童年的小根菜

东北的冬天总是特别漫长,看了大半年黑白两色的世界,我们的心很容易被乍暖还寒时那点点嫩绿所感动,因此,春天一到,几乎每一种绿色植物都可以登上我们的餐桌。

最先冲出这冰雪世界的是小根菜。乡村的孩子称之为"瞎么菜",它们举起细小如针冻得红紫的叶子,钻出刚刚解冻的田间大地,太阳一晒,叶子就会变绿。倘是单棵,"瞎么菜"就会长得壮些,如同新出的葱苗,倘若长成一簇,则要细瘦很多。

每天放学,孩子们就会拎了筐,相约去剜"瞎么菜"。"瞎么菜,大脑崩,养个孩子叫小英。"每次去剜菜,都会有调皮鬼念着这个童谣，而且，七八个去剜菜的孩子，其中一定就有个女孩叫"小英"。"小英"，这是乡村女孩用的最广泛的名字——叫"小英"的女孩便恼了，于是少不了一番追打。

大地离学校、离孩子们的家不远，地里一片枯黄，太阳照不到的地方还有积雪。有时，一脚踩下去，会有大摊的稀泥沾到鞋子上。剜菜的工作开始了，笑闹到此结束，春寒料峭，生冷的风吹红了孩子们的脸。把开了花的破棉袄裹紧，也不再继续疯闹，孩子们四处散开，低头弯腰各自努力去寻找，每一点紫红与翠绿都是惊喜，一有发现，就蹲下来顺着那一脉生命的颜色用锅铲子或是镰刀头挖下去，挖出"瞎么菜"像独头蒜一样的鳞茎。

通常，垄台上还好，土质干爽疏松，能把"瞎么菜"完整地剜出来，垄沟里可就惨了，剜了几厘米，遇见冻土剜不动，只好放弃。这样寻寻觅觅，大半天的时间也就能剜出一小捧。

大地广阔无边，风恣意地吹来吹去，女孩们的头发吹乱了，脸蛋也被风吹得通红，皲裂成满是细纹的瓷器，枯败的玉米叶子、草叶子调皮地冲进孩子们的筐里，让沾满泥土的"瞎么菜"变得肮脏龌龊、狼狈不堪。

天渐渐黑了，孩子们呼喊着，准备回家，田间阡陌上难免又是一番追打笑闹。

村庄的前面总会有一条小河,因为"跑桃水",河水汹涌、浑黄。孩子们齐齐地蹲在河边,把筐半放到河水里,让奔流的河水把"瞎么菜"冲洗一下。冲洗是洗不干净的,于是只好用手去搓,夹着冰碴儿的河水冰凉刺骨,孩子们的小手冰得像粉红的馒头,但筐里的"瞎么菜"却玉一样莹白翠绿,回家之后再用井水投洗干净,配上一盘生酱,就可以端上餐桌了。

苞米粥、大饼子、"瞎么菜"蘸大酱——终于有带着崭新生命的植物进入渴盼已久的肚肠了,这一餐大人孩子吃得都很开心。贫穷的日子里,"瞎么菜"就是餐桌上最初的风景。

等到春深了,"瞎么菜"遍地都是,放学后我们剜满满一筐回家,母亲就会细心收拾了,为我们包一顿"瞎么菜盒子":把"瞎么菜"和酸菜剁成馅,调好,包成饺子的形状,入锅翻烙。"瞎么菜盒子"又酸又鲜又香,这一顿,孩子们总会吃得肚皮圆圆,在那个食物匮乏的时代,"瞎么菜盒子"真是无上的美味。

如今,"瞎么菜"已经成了一个可笑的名字,没有人再叫这个土得掉渣的小名。此时它叫薤白,又叫小根菜。"瞎么菜"蘸大酱的吃法也因太过野蛮而被淘汰,大棚让绿色蔬菜在冬日里仍然供应充足,"瞎么菜"再也不是报春的使者了,此时它的辛辣便成了缺点,尤其是吃过之后那种来自肚腹的味道更是让人无法接受。

不过,每年春天,野生的"瞎么菜"仍然会受到一阵追捧——巧手的朝鲜族妇女先用盐把它卤一下,去掉那种太过刺激的辣味,然后加入各种调料拌匀——如今它仍然莹白翠绿,因为加了辣椒面,还多了点点红艳,它们高踞在透明的玻璃橱窗里,被统称为"高丽咸菜"。

大饭店里,把小根菜剁碎与土鸡蛋搅拌在一起,做富有东北特色的"摊黄菜"。淡黄的鸡蛋上星星点点珍珠般的是小根菜细小的鳞茎,黄、白、绿相间,真是又好吃又好看,是我们东北一道时令菜。

只是,我却一直怀念着童年的"瞎么菜",怀念春风里剜菜时那种简单明快的心情。

辑 二

数九寒天冬至始

东北有个节日叫八月十五

我的老家在长白山脚下,是个相对闭塞、人烟稀少的小山村,这里的人们不知道有上元、端午、中秋之类的节日,只年复一年地过"正月十五""五月节""八月十五"……没有传说,没有积蓄,好像农历之中天生就长着这些神秘而又隆重的日子,一如树大了、老了会长树瘤一样。

正月十五还有些说道,那还是隆冬季节,正是农闲,可以培养出过节的激情,打点出过节的氛围,五月节和八月十五就马虎多了——五月或是植稻,或是除草,八月则正当开镰。老辈人说,年节好过,平常日子难过,年节时,不过就是吃点好的,乐和一下,把平常日子过得衣食无忧才是王道,因此就算是节日,该干什么还是要干什么——

无论播种还是收获，地里的活都等不得。

八月十五这天往往在白露或是霜降期间，在乡下，水稻已然黄熟，大豆脱光了叶子，正在"秋老虎"炽烈的阳光下举起饱满的荚，随时准备做壮烈的炸裂，庄稼都成熟了，每一场露每一次霜都会使干细的植株倒伏、饱满干燥的种子蹦出果皮隐入泥土之中。农人心急火燎地抢收庄稼，甚至买一包月饼的时间都没有。

粗糙的月饼，寂寞地躺在供销社的柜台里，它们全身赤裸，没有任何包装，饼身上的花纹却足以勾起孩子们贪婪的眼神。趁着中午回家吃饭的当儿，母亲急匆匆地打点了家务，然后急匆匆地到供销社。月饼是一人一块，按照家庭人口均分，母亲盘算着，说出一个数字，营业员便用沾满污渍的油亮的竹夹把月饼放到秤盘上，称量过后，抽出一张暗黄色的包装纸，一、二、三、四、五……月饼依次摞到包装纸上，把纸四角收起，相互折压，工工整整地包裹好，然后拿出柔韧的纸绳子，松紧适度地捆扎起来，最后在上端打一个漂亮的结。营业员提一下，掂一掂，觉得包裹得还算牢固，母亲便付了钱，把手指伸进十字花形的纸绳结内，这样就可以放心地把月饼提拎回家了——当年，供销社的营业员可是人们羡慕的好差事：风吹不着，雨淋不着，还能挣现钱。而评价一个营业员工作的好坏，便是看他运用包装纸的熟练程度——小时候，我们常常打开各种纸包：包药片的、包饼干的，学习人家用纸张包装的技巧。

月饼还没有拎进家门，身边早已围上了一群"小馋猫"，明知道每人只有一块，却还是围着母亲，心存无尽的梦想。因为是诱惑力极强的好东西，没有人可以挑三拣四，月饼的分发权在母亲那里，母亲把黄澄澄油汪汪的月饼依次放到脏兮兮的小黑手中，告诫我们要慢慢吃，因为每人只有一块，吃完了，就没有了。

那时候，月饼可真香啊！捧着金黄的月饼，真是沁人心脾，香到肺腑里去了，哪舍得一口吞下去，那简直就是暴殄天物！更何况，月饼上还有花呢，月饼上的花多的是芍药模样，要是谁的手里有了新面孔，大家便要聚在一起啧啧称奇。

只有"不会过日子"的孩子才会大口地向月饼咬去，那么香酥的月饼，这一口下去会失落多少渣呀？孩子们把月饼掰成小块，一小口一小口慢慢品尝，每咬一口，都要张开乌黑的小手在下巴底下接着，细碎的饼渣落在孩子们的手心里，孩子们并拢手指把饼渣聚起来，伸出舌头一舔，饼渣们便用最后的甜蜜香了贫瘠的嘴巴，孩子仔细检查一下，发现再没有一点月饼的痕迹，才会慢慢离开同伴，眼巴巴盯着别人的月饼，暗暗咽下一口唾沫。

按照东北人的习俗，每一种节日都可以用吃饺子来庆祝，但八月十五这天太忙了，索性割两斤猪肉炖上，再放上一把粉条：大米饭，猪肉炖粉条，这样粗鄙的食物却能让每个人吃得肚皮滚圆，心满意足。

午饭过后，去菜地里拔一个大萝卜。磨得飞快的镰刀只轻轻地一扎，便扎入萝卜的深处，带着一个青翠的大萝卜，抚摸着饱胀的肚皮摇摇晃晃地走向稻田。此时，如果渴了，就削了大半截萝卜的皮，啃上几口，剩下的放到田埂上留待又累又渴时继续啃。磨蹭了一下，便弯腰割稻：左手握一把稻，右手拿镰刀贴着稻根割下去，只听"唰"的一声，一握沉甸甸的稻便入了手，这样割三五把，便可成捆了，稻捆直直地立在田里，等割得多了，就码成稻捆的城墙，乡下人叫它粳码。金黄的粳码错落有致，安放在黝黑的稻田里，变成一幅丰收的图画，尽管累，人们还是抑制不住内心的喜悦，这是一种幸福的忙碌，连小孩子们也来凑热闹，他们掐着半块馒头或是一截萝卜，在粳码间跑来跑去，和小伙伴们捉迷藏。

直到月上中天，人们才收工，月亮有多么圆满，是否冰清玉洁，里面是否住着孤独寂寞需要人来祭拜的嫦娥？这都不在人们的思考范围之中，丰收的日子，走在月亮地里，眼前和心里都无比地亮堂。

有个亮亮堂堂的家，和一份亮亮堂堂的生活，这就够了，长白山下的人没有太多的奢望。

杀年猪

大概是为了节省粮食的缘故吧,一进冬天,我们的一日三餐便改为两餐。日短夜长,太阳从大山里爬出来已是上午九点多钟,要等到十点才能吃上早餐,午后三点是晚饭时间,不到四点,太阳就躲到山的那一边。地处长白山区,我们这里的腊月天格外地短,每一个冬天都少不了厚厚的积雪,大雪没过膝盖,连上山打柴也不行,这时农民才真正闲了下来。

第一要务是喂好圈里的肥猪。秋收过后,各家的猪啊、牛啊就可以散放了。畜生们在外面逍遥了一天,天一黑大都可以自己找回家来,冰天雪地的,猪要喝点泔水,牛也会咕咚咕咚喝上一两桶清水。干爽舒适的单间是属于年猪的，其他的猪们合住在一处：什么房山头，菜园里，篱笆边……犄角旮旯都可以凑合，好在它们早已习惯了自由自在的流浪生活，风流的母猪什么时候怀上崽子，连主人都不知道。

圈里的年猪可是主人精心挑选的，一般都是不挑食，毛顺滑有光泽的。主人在猪圈里垫上厚厚的粳草，保证它吃饱了就想舒服地睡上一觉。年猪吃的是粳糠和玉米糠拌成的饲料，这让尝不到粮食味道的其他猪们和鸡鸭鹅很是眼红。鸡飞到猪圈里，死皮赖脸地叨一口，再叨一口；鸭和鹅则从猪圈的缝隙把长脖子伸进去，抢一口急忙出来，扬起脖子品咂着，似乎余味无穷。最可怜的就是其他的猪了，眼巴巴地瞪着一只猪眼，馋得吸溜着鼻子，讨好地哼哼叫着。圈里的贵族不理它，吧嗒着猪嘴吃得有滋有味，主人眉开眼笑地站在猪圈前，一边吆喝着驱赶那些抢食者，一边盘算：这猪，有二百多斤了吧？明天再给它加点大豆，到时候，肉膘一定挺厚……

"小孩小孩你别哭，过了腊八就杀猪；小孩小孩你别馋，过了腊八就是年。"一进腊月，天干巴巴地冷，年猪也很难再长膘，杀猪的日子定下来了。喂了那么久，女主人的心里肯定不好受，念叨着这头猪小时候如何瘦弱，慨叹着它的命。打发孩子分头通知了亲朋好友。猪是不用再喂了，要饿它一天。男人准备好了杀猪刀、绳子等，女人捞一盆酸菜，洗净、切好，准备做杀猪菜。

一大早，女人就忙着烧开水。邻居家的小伙子也过来帮忙，他们跳进猪圈，扯前腿的，拽后腿的，转眼之间一头大肥猪就被他们按得四脚朝天，捆好了，插一根木棒抬起来。大炕桌放在院子中央，猪被放到了桌子上，女人早已准备好了接血的盆，男人则凶巴巴地拿出刀子，用长满老茧的手试一下它是否足够锋利，忽然之间，一刀下去，在猪惨厉的叫声中，猪血汨汨而下。

"死猪不怕开水烫"，在猪身上浇过开水之后，大家七手八脚地忙起来，要拔掉猪毛，把猪洗得白白净净的，然后开膛破肚，转眼间一头猪就被肢解得七零八落。选几块五花肉下锅炜上，仓房里早已准备好了一口大缸，撮一簸箕干净的雪倒在里面，其他的猪肉割下不久就冻得梆硬，等到猪肉冻透了，就把肉码到缸里，码一层盖一层雪。看着缸里满满的肉，闻着锅里肉的香味，人们的脸上爬满笑纹：一年了，久违的肉香这么温柔地包裹着一家人，这已是最大的幸福和满足。男人此时哼着小曲，进进出出，慢条斯理地洗干净猪肠子。把猪血调好，用漏斗灌进猪肠里，放到开水锅里煮，血肠半熟时要用针刺一下，放出里面的空气，有经验的人用针刺过之后便知血肠是否煮熟了。

太阳还高挂在天上，香喷喷的杀猪菜就做好了，整个村子都飘散着肉的芳香。老白干烫得热辣辣的，大海碗里

盛着满满的猪肉片子,还有血肠、酸菜,男人们至少要吃上大半碗的肥肉,一边吃,一边议论着肉膘的薄厚,那份幸福的样子,仿佛老天把最美好的一切都赐给了这群生活简单的人。

对直系亲属或朋友、邻居,主人会大大方方地割上一条肉,拣根血肠包好,让他带回家去。女人最看重的是扒了多少板油,以及从内脏处扒出多少水油。收拾了狼藉的杯盘,女人就细心地把"油"收好,最重要的就是"炼"出一年里做菜用的荤油。

"炼油"是第二天的工作——把硬肋上的大肥肉切成片,和板油水油一起放到大铁锅里,用小火慢慢地熬煮,直到熬干水分,熬出液态油来。这项工作大概需要大半天的时间,要熬得锅里再也不冒热气,油达到一定的纯度才可以盛出来储藏。

准备一个大一些的盆,盛半盆凉水,把油坛子放到水里,小心地把热油舀到坛子里。等到荤油凝固了,柔柔腻腻地白,古人说"肤如凝脂"——要是有猪油样的皮肤,那一定是美女了。当地的满族女人偶尔也用猪油搽脸,猪油还真是民间的美容秘方呢。不过女人们可舍不得暴殄天物,即使平时做菜,用起油来也是精打细算,一年的日子,长着呢。

盛出油后,锅里的肉渣我们称之为"油梭子",也叫"油滋拉",这是我们小时候的美食,倘若能吃到一块稍微带一点瘦肉的"油梭子",那简直就像中奖了一般。"油梭子"不能多吃,吃多了会被"降住",从此再不能吃肥腻一点的肉,乡下人认为,不能吃肥肉,这人便没口头福。

"油梭子发白——短炼",这是东北专用歇后语,意为"缺少锻炼"——"油梭子"要炸成金黄色,才能把油完全"炼"出来。此时剁一点酸菜,与"油梭子"一起拌馅,包饺子、包包子都别有一番滋味。

直到现在,还有一些恋旧的人每到冬天就去寻找农家饭庄,为的就是吃一顿"油梭子"作馅的饺子或包子,回想一下小时候的味道。

办年货

乡下的人一直恪守着自给自足的生活,即使过年了,出去买的东西也有限:无非是几挂爆竹,一张红纸,女孩子的头绫子,春节大餐必不可少的明太鱼。因此,人们见面不问买了什么年货,要问"办"了什么年货。

"办"就是因陋就简,家里有什么,就做什么。

东北人办年货,是从小年之后开始的。

那几天的事可以按照口诀来做:廿四写大字,廿五扫尘土,廿六烀猪肉,廿七把鸡杀,廿八把面发,廿九把油走,三十把年过。

写大字就是写对联。买一张红纸,求识文断字的先生写对子是件挺隆重的事,要给先生烫壶酒,请先生吃一顿酸菜炖粉条。先生一边吃饭一边交代,哪一副要贴在门上,哪一副是猪圈的,哪一副是鸡窝的,不识字的主人一边殷勤地招待先生,一边认真记忆,可惜还是有人把猪圈的对联贴在了门上,成为村里人的笑谈。

腊月二十五这天,家家户户都要来一番年终"扫尘",人们也叫"扫陈",这一由来已久起于帝尧时代的习俗,寄托着人们除旧立新的愿望。《清嘉录》有诗云:"茅舍春回事事欢,屋尘收拾号除残。太平甲子非容易,新历颁来仔细看"——人们忙过年大扫除的情形由此可见一斑。

过了小年,一家人就欢天喜地地把大块的肉从雪里挖出来,放在屋子里"缓"。腊月廿六这天,主妇把化透的肉洗净,割成大方块放到锅里,添足了水,灶坑里劈柴的火苗向上蹿,等到中午,村子里到处都是肉的香味。晚饭时,每一家的餐桌都会有一盘肥而不腻的切白肉,蘸上蒜酱,一家人吃得满嘴流油。烀好的方子肉盛在盆里,这可是过年的硬头货,过年的"好嚼果"。

廿七一大早,男人们磨刀霍霍,那些趾高气扬的大公鸡纷纷丧命。收拾干净的鸡也是准备过年吃的,放到厨房就行,那里冷得跟冰箱里的温度差不多,放个两三天根本没问题。这一天也有一道美食,就是"鸡血糊糊"——把鸡肝鸡心鸡胗剁碎,再剁一些蒜末放到鸡血里,用水潲开,加入淀粉,放到锅里炖到沸腾,好吃的鸡血糊糊就做成了。

廿八这一天做蒸制的面食。馒头、糖角、花卷、肉包子，蒸了一锅又一锅，吃不完，满满当当放到仓房里冻上，有了这些年货，预示来年粮食满仓，不挨饿。况且冻过的干粮重新热一下，似乎还能吃到冰雪的味道——这一天随便做点菜汤就行了，光是包子糖角就把孩子们的小肚皮吃得个个滚圆。

廿九要做油炸的面食，村里人叫作"走油"。就是炸面果、肉丸子。面果形状各异，有菱形的、连环套的、核桃仁形的，还有的做成佛手或是面鱼。村里的人，除了平时买两根麻花，一年到头，只有过年才能狠下心来炸出一盆面果肉丸来。

当然，这些东西也会被精打细算：主妇用口袋装好，放进仓房。油炸食品在当年是孩子们无上的美味。仓房总是锁着，钥匙在母亲那里，不过孩子们总能发现松动或是有较大缝隙的木板，也就总能潜入仓房，从大缸里够出冻得硬邦邦的面果肉丸，最不济也可以掏出个糖角或是花卷来，偷偷地藏在怀里，在同伴们面前骄傲地啃食，有时，还可以以此为小礼物，换得玩具或是友谊。

对联、鸡肉猪肉、面点、油炸食品……依次备好了这一切，就可以过一个开心快乐的幸福年了。

简单贫困的日子里，快乐可能很廉价，但并不匮乏。

怀念曾经的除夕夜

我小的时候,除夕夜极为神圣,那一夜我们不敢大声说话,不敢笑,甚至大气都不敢出,长辈说,这一夜到处都是行走的神。

晚饭要提前吃,主食是米饭。从炖着鸡肉、明太鱼和粉条的锅里分别盛出这三个菜,帘子上还有清蒸的猪肉,再切上一盘猪肝,抓一盘面果,六盘菜轻松搞定。那时候有一种汽水叫"山楂乐",女人和孩子都喝这个,以此代酒,一家子团团围坐,稀里哗啦,一会儿孩子们就吃饱了,离开饭桌。过年了,这可是他们可以随意燃放爆竹而又不会挨骂的日子。

晚饭结束,剩下的米饭,主妇把它盛到盆里,放到外面冻上,这是"隔年饭",要等正月初二之后才吃的。

收拾一下,天黑之前把鸡鸭鹅狗都喂饱,还要把劈柴准备好,但不能抱进屋子。

天一黑,女人们就开始和面拌馅,准备包饺子;男人则点上灯笼,出去接财神。

财神在何处?这得问灶君。灶君的画像上明确标注了财神、喜神、贵神所在的方向,男人出门向财神所在的方向走上百八十步,点燃烧纸跪下磕头,然后诚心祷告:请财神到我家过年。祷告完毕直接回家,财神就算跟回来了。

民间认为这时诸位神仙来来去去,正是关键时刻,因此一家人连说话的声音都压低了,不准骂人,不准打架,最重要的就是不准直呼别人的名字,据说是为了防止过路的神把被叫了名字的人的魂给收走。

大家压低声音说话,七手八脚地忙活,用不了多久,两帘饺子就包好了。一家人坐在热炕头上守岁。习惯了日出而作日落而息的庄稼人不习惯熬夜,没多久,就困了,女人们早知会如此,所以缓好了提神的冻梨,吃一个,透心凉,打个寒噤,顷刻间睡意全无。还有苹果,每个家庭成员可以分一两个,性急的孩子一会儿就吃光了,只好眼巴巴地瞅着别人吃,流口水。为了不做馋分分的可怜虫,吃苹果时,往往用刀割成滚刀块,一块一块慢慢吃,精心享受这难得的美味。

糖块嘛，每个人倒可以多分几块，是那种一分钱可以买三块的没有任何包装的橘子瓣糖。那时候的糖怎么就那么甜，那么好吃？小孩子见了糖块，连亲娘老子都能忘到脑后。一块糖放到嘴里，大家常常要比赛看谁含化的时间长，有的孩子为了取得比赛的胜利，会偷偷地把糖吐出来，攥在脏兮兮的手心保留一段时间后，再宝贝一样塞进嘴里，还要小狗一样伸出舌头舔一舔黏糊糊的手心。

勤劳的家庭主妇还准备了"梨坨子"和"李子皮"，这都是秋天时从山里采回来的山梨、山李子经过简单加工的产物，此时添上水熬煮，再加点糖，就是美味的年夜茶了。

小孩子们仍然熬不住，东倒西歪地睡着了，也不知过了多久，远处传来稀稀拉拉燃放爆竹的声音。女人说一声"接神了"，急忙下炕去烧水煮饺子，男人也行动起来，把爆竹拆开，用长棍挑起来。叫醒小孩时女人显出从未有过的温柔，有的孩子一下子爬起来，有的孩子则进入香甜的梦乡，大人叫来叫去，就是不肯醒来。

把所有的门都打开，男人和孩子围在院子中间，小鞭、二踢脚，一一点燃，女人提醒孩子们"快来抱柴（财）""快来抱柴（财）"，把准备好的劈柴抱回家，等到这一切结束，男人在房门口点燃几张烧纸，一家人磕了头，财神喜神贵神就被接回了家。

拜过祖宗，依次给长辈拜年，长辈要给孩子压岁钱，

然后，大家都上了桌，吃饺子被说成是"压元宝"，早在包饺子的时候，女人已经在某些饺子里包了硬币、木炭还有糖块，有人吃到了硬币，就说，来年我要发大财喽；有人吃了糖块，就说，来年日子会更甜了；有人吃了木炭，急忙偷偷吐掉，因为这预示他是一个黑心的人。

吃完了年夜饭，女人们把厨房收拾好，还要在锅里放两个饺子"压锅"，锅可不能空着，要不然来年会闹饥荒、缺粮。

这时候，大家除了说一些吉利话之外，还要探讨一下村子里鞭炮齐鸣时听到了哪些动物的叫声，如果有鸡鸣狗叫，那就预示来年不太平，如果听到的是驴叫，则来年一定是个丰收年。

午夜过后，孩子们实在太困了，早已睡得东倒西歪。大人们又敞开了大嗓门，可以趁着夜色去邻居家拜个年呢。不过，出门的方向还要确认一下，最好去的是财神、喜神、贵神方向。

过年与敬祖

在我们东北,回家过年的不仅是出门在外的游子,还有远在天堂的亲人。

我小的时候,腊月三十那天要去坟地请祖宗。哥们儿弟兄相约聚在一处,带上烧纸、白酒、爆竹,家里只留下爷爷奶奶,女人们是要准备供品的,其他的人一律去上坟。坟地一般都不远,一家十几甚至几十口人,浩浩荡荡地向坟地出发,到了坟地,在每一座坟丘上压上烧纸,在每一座坟前烧了纸,在爱喝酒的先人坟前洒上酒,燃放爆竹,一家人鱼贯地跪拜磕头,说,请老祖宗回家过年了。简单的仪式结束后,一行人高高兴兴地回家,老祖宗也就被请回来了。

宗谱匣子是一个一米多长却又窄又矮的长条形木箱子，里面装着香炉、蜡烛，以及从小贩那里请来的画着古装人物、请人依序写了祖宗姓名的宗谱，还有对联，挂贴。宗谱匣子平时就放在箱盖上，有的也放在仓房里，但一定要照顾好，要是被老鼠咬了，惹翻了老祖宗，那可就要厄运降临了。

挂在山墙上的镜子和相框都要摘掉，箱盖上的摆设也要移到别处去。用作宗谱的纸张一般都很厚实，可以反复拿出来再放回去。把宗谱展开，用糨糊或钉子固定在墙上，宗谱的两侧还配有花或是花瓶的图案，也一并固定在墙上，两侧还要配上大红的对联，写的是"孝父母金玉满堂，敬祖先荣华富贵"，横批有三个，依次是"本支百世、祖豆千秋、永言孝思"。

横批下贴五张至七张挂贴，红黄蓝粉绿，亮光纸刻就的挂贴，色彩极为艳丽。

宗谱匣子贴墙放在箱盖上，和贴在墙上的宗谱、配画以及对联等长，香炉放在正中间，两边则点上刻着龙凤呈祥的金饰花纹的红蜡烛。摆上"五碗菜"，分别是用油炸成莲花形的粉条、一大块煮熟的方子肉、豆腐干、用红毛线绳扎成小捆的发芽葱以及龙须菜（即白水煮的绿豆芽），或是一条被煎得半熟的鱼，同时倒上五盅酒，摆上五双红色的筷子。

女人们早已蒸好了上供的馒头，这是头上插了大红枣的又白又暄的大馒头，共有十个，有两个要用作供尖，这两个馒头的肩膀上也要均匀地插上枣瓣。十个馒头摆成两摞，由下至上为三、一、一的形状，摆好的馒头像初绽的花朵，煞是好看。

摆供的是家里的长者，得把自己收拾得干干净净的，净了手，一切都要做得郑重其事。点上三支香，一直到正月初二送走老祖宗之前，都要有香燃着，不能间断，这中间来拜祖宗的其他子孙都会争着上一炷香，磕头跪拜，祈求死去的先人保佑来年平安吉祥。

既然祖宗在家做客，一家人就一定要谨慎，要相敬如宾，不打架不骂人不说脏话，所有的东西都要轻拿轻放，倘若有摔摔打打，就是对祖宗的不敬，来年一定会受到惩罚。

尤其是除夕夜，祖宗高坐在山墙上看着这一家人，要享受天伦之乐，作为晚辈，我们不能大声说话，时刻都要做到仪容整齐，祖宗的眼睛是雪亮的，什么都看得见。

相互之间，连平时的小名也不许叫，除了祖宗高坐在家里，外面还有很多过路的神，倘若被邪恶的神听到并记住了名字，来年只怕就被领跑了，跑到神那里，可就再也看不见姊妹，看不见爹娘了。

毕恭毕敬地给祖宗磕头，小心翼翼地行事——在民间，活人一直怕死人，一个人，活着可以窝囊，可以猥琐，一死，便成了无所不能的鬼神，令人景仰，让人畏惧。乡村有一句话，叫作死者为大：生命不在，灵魂大概就可以得到升华。

其实，何止是除夕，哪一天神灵都与我们同在——人在做，天在看，抬头三尺有神灵，只要有一颗敬畏之心，我们的脚步就不会离开正途。

糊棚裱墙迎新年

还没等进腊月,屋子里用纸糊的泥墙早已斑斑驳驳,露出它的泥土本色。也难怪,那么脆弱的纸墙完好地在烟熏火燎的泥壁上待上一年还真不是件容易的事儿。

墙纸为什么会脱落?一是因为那时候的泥墙都是自家男人抹上的,大多数人家没有抹墙的工具,有的是用锅铲子,有的干脆就用手,抹出的墙不平,墙纸处于悬空状态,哪怕不小心倚一下墙,墙纸也会破。二是女人们随手撕了去。年复一年地裱糊的墙,墙上积了厚厚一层纸,这简直就是宝贵的财富,女人们撕下一条这种厚墙纸,可以用来引火。女人们撕下墙纸的另外一个用途就是给孩子们做了擦屁股的手纸。看见女人们这样不在意墙的外貌,男人们也就大方起来，邻家的男人聚在一起时，从墙上撕下一条纸来，卷上旱烟，小屋里立刻就充满了刺鼻的老旱烟味。

糊墙也叫裱墙，是每年冬天一项非常隆重的仪式，讲究的人家先糊一层旧报纸，然后把四周的墙糊上白纸，顶棚则糊上有漂亮图案的花纸。

买糊墙纸是当年所要置办的最重要的年货之一。糊墙时，要"全家总动员"，家里孩子小，或是男人不在家，还要求亲靠邻来帮忙。

糨糊是自家做的，大铁锅烧上半大锅水，然后加入玉米面（记得似乎还要加入适量的卤水）搅匀，开锅后盛到盆里，糨糊要熬得稀一些，刷在纸上不能看到面糊的痕迹。没有专门刷糨糊的刷子，就用平时刷锅的那把来代替。把小被垛推倒在炕上，把镜子拿下来，还有相框，搬开老挂钟，搬开所有的障碍物，我们要糊墙了。

报纸厚些，刷好糨糊依次贴在墙上，裱糊起来还算顺手，而且老百姓大多不识字，也不管倒正，不过有照片的一定要注意，不能让人家大头朝下地吊一年。

糊白纸就要麻烦许多了。首先要把白纸裁成四开，由于白纸更薄些，也就少了韧性，糨糊不能刷得太多，薄薄的一层就行了。刷糨糊和糊墙的动作要连贯，刷一张贴一张，否则，白纸被糨糊沤得时间长了，再想用两只手捏着纸角提起来，就难了。

糊墙一般由两个人配合，一个人选好贴纸的位置，把捏着的纸角贴在墙上，一个人拿一把笤帚顺势一扫，纸就平整地贴好了。有经验的人故意让新贴上的纸打一点褶，免得糨糊干燥后白纸会绷裂。四开的纸，一张一张地贴，现在想一下，贴满房间，也是个很大的工程。

还不仅如此，被一家人撕掳得乱七八糟的旧墙纸怎么办，那些仍然服服帖帖地待在墙壁上的还好，关键是有些墙纸早已离开墙壁处于悬空的状态，撕下去？不行。这么冷的天儿，掀开不肯贴到墙上的纸一看，厚厚的一层霜——粗心的男人们没有把墙抹好，有缝隙！怪不得墙纸不肯贴上去。没办法，找几个小钉子，把它钉到墙上去吧。

最大的难题来自顶棚，经过一个漫长的四季的轮回，棚顶已经不那么平整了，而且，那里往往成了老鼠的跑马场。还需要钉子来帮忙，找几个关键部位钉上钉子，拉上铁丝，把那几个向下的"鼓包"兜住——怎么也不能让咱们的阁楼朋友老鼠先生掉下来吧。况且那些鼓包都是因为夏天时曾经漏过雨的缘故，跟老鼠没有什么关系。

平整的顶棚，糊起来才会容易些，花纸们是专门为糊顶棚设计的，大小正合适。糊顶棚也要两个人的配合，选合适的位置，粘上花纸的四个角，用笤帚扫一下，纸就完好地粘上了，这件事说起来很容易，做起来就难了，这可是顶棚啊，糊墙的人头和后背要形成近九十度的夹角，单是这种头晕目眩的滋味就够受的了,何况还要小心地配合各种手上的动作。

纸刚刚糊上去时,糨糊没有干,屋子仍然和旧墙纸时一样的黑暗,等到糨糊干了,那一片崭新的洁白,现在想起来,仍然会有一丝兴奋。家焕然一新,新的一年,也一样让人充满希望。

墙纸糊完了,贴上年画,那个简单贫穷的家立刻装点上温馨的故事,识字的人们一定要买联画,就像现在的连环画,每一张由六个到八个小画面构成,画面下有文字说明,这样两大张就是一个完整的故事,《女驸马》《红楼梦》《白蛇传》……女人们不识字,照样会指着那些画面把故事讲得有声有色,虽然跟画上题目风马牛不相及,不过,哄孩子嘛,一年就指望这张画帮助孩子入睡了。

美丽的仙女,骑着鱼的大胖孩子,天蓝色的背景,饱满的笑脸,美艳的装束,寄托着我们全部的憧憬,就贴在另外那面墙上吧。

东边的那堵墙被称为山墙,画是不可以贴到那面墙上的,那是老祖宗的位置,其他的墙,贴多少画都可以。

整整一天的零乱,拾掇一下吧,这么精致的用纸糊起来的家,金贵着呢,一定要处处小心,过年之前,可不能碰破了。

重新叠起被子,挂好穿衣镜,镶照片也是一件很隆重的事儿，同一个相框，辈分高的在上，辈分低的在下，衬上一张好看的纸，大大小小的照片或直立，或构成扇形，错落有致，经过一遍又一遍的掂量、调整，然后挂到墙上，一切都变得小心翼翼，变得娇贵起来。

然而女孩子们觉得这样还不够，过年了，女孩子们需要花的点缀，有了花，她们才会有更漂亮的新的一年。

不过这也难不倒女孩们，李子树随处可见，撅个冻得干硬的枝来，糊墙的糨糊还剩下一点，正好可以利用，买来红色、粉色的纸，剪成梅花的形状，两片粘在一起就做成一朵梅花，把它们按照自己的设想粘在李树枝上，三下两下，就粘出了漂亮的干枝梅，插在瓶子里，摆在箱盖上，这个得意呀。

再扎两朵荷花。把彩纸剪成正方形，缠在瓶子上，用手挤压出均匀的褶皱，保留纸上的皱纹轻轻展开，做成荷花的花瓣，依次做下去，再用黄色彩纸包一点棉花画成莲蓬的模样，做花心。把足够的花瓣沿着花心的方向扎在一处，就做成了一朵别具特色的荷花，挂在镜子上，人人看了都会羡慕。

城里有亲属的，有时还会捡回来一只破碎的气球，巧手的姑娘最会废物利用，抻开气球的皮，用嘴吸成葡萄粒大小的泡泡，同时吸入清水，用线扎紧，依此类推，就做成一串葡萄，挂在家里也是让人羡慕的东西。

老奶奶满脸笑出了核桃纹,拿起姑娘们剩下的几块红纸,剪一对翘尾巴的看家狗,一对趾高气扬的大公鸡,还有大肥猪、小猫咪以及扯着手跳舞的小人儿……把它们统统贴在墙上,这才叫热闹。

白墙,花顶棚,有故事的年画,开放着腊梅和荷花甚至还缀着奢侈的葡萄的我们的纸房子,真好。就算是只糊了一层报纸的最平民的打扮,也给我们带来了无穷的乐趣,因为我们又有了一项新的游戏——猜字。挤在一个被窝里的孩子不再因抢被子而打架,一个孩子读一句话,其他的孩子四处寻找,尽管油灯昏暗,孩子们仍然能找到远在棚顶上的那句话,每一双眼睛都那么健康。近视眼,在乡下是要像重度残疾一样被耻笑的。

春节就要到了,每到此时,我们都有一个焕然一新的家,一份崭新的梦想。

腊七腊八，冻掉下巴

前几天，因为暖气出了点故障，室温一下子降到十四五摄氏度。我穿了厚厚的家居服仍然冷得发抖。火冒三丈，扬言要去大闹供热公司"讨个说法"。

见我一副气冲牛斗的样子，老公不以为然地笑，偷偷地撇了撇嘴，神秘兮兮地说：

"我小的时候，有一回下巴差一点被冻掉。"

"是吗？哪一回呀？"

我是个极具好奇心的人，老公知道我的性格，常常用似乎要讲一个离奇故事的语气把我从暴怒中牵引出来。

"嗯……"老公做出认真思考的样子，见我完全忘掉了供暖的事，便飞快地说："腊七腊八，冻掉下巴。"

我擂了他一拳，晓得他又是在胡扯。不过，记忆一下子跑到从前，我小时候住在一个小山沟里，那时的腊月，才叫冷呢。

路边的雪最少也有半尺厚，因为一个冬天的堆积，切面层次分明。厚厚的积雪上不乏猫狗鸡鸭形状各异的脚印，它们体重太轻，无法踏入积雪深处，只在浅表画一行曲折的足迹。淘气的孩子也常常在雪上写字，画大脑袋细胳膊细腿的小人儿。

积久的雪是沉甸甸的晶体，捧在手上，就像捧着洁白的沙粒。路上的雪因为车行马踏结成厚厚一层盔壳，每有人畜走过总会发出咯吱咯吱的声音，像一路与我们同行的东北民谣。

腊月，冻疮肆虐。小孩子的手肿得变了样，黑乎乎的皴皮裂开一道道的血口子，又疼又痒。

母亲手工做的棉鞋是要穿到春节才换的，此时这棉鞋已到了末路。鞋子虽没有"漏洞百出"，却也是上了补丁的。最可气的是我走路的时候左脚跟向右偏，右脚跟也向右偏，两只鞋子一律向右倾倒，右侧的鞋帮全都做了鞋底，穿着这样的鞋子，脚后跟常常不自觉地踩到雪地上，脚脖子露在外头，尽管母亲每晚都要用力给鞋子做矫正，但第二天还是一个样，我的脚因此也生了冻疮，肿得连鞋子都穿不上。

腊七腊八，通常是这一年中最冷的日子，北风呼啸，寒气逼人，冷风一下子能钻进人的骨子里。母亲把孩子们圈在家里，生了冻疮的，要抹一点樱桃酒。那时候的小孩子都很"皮实"，又没有电脑电视这些东西来牵扯他们玩野了的心，所以就算待在家里也不老实，从炕上蹦到地下，兄弟姐妹追攥疯闹。母亲在灶膛里添足了劈柴，火盆里添足了火炭，爷爷奶奶坐在炕上围着火盆烤火，母亲则抽空为孩子们赶做新鞋子。

没有腊八粥。

东北人干什么都讲实惠，吃饭也一样。这么冷的日子，怎么可以喝"稀里咣当"的粥呢？一泡尿就出去了，肚子里空荡荡，拿什么来对付这奇寒无比的老天？

腊七腊八，我们的习惯是吃黄米干饭。先把芸豆子煮烂，加入大黄米继续焖。黄米干饭黏性较大，要掌握好火候，要一遍又一遍地翻铲，直到没有米汤析出，才可以撤了火，靠灶灰的余温再焖上半个小时。

开饭了，桌上放一碗雪白的猪油，一碟子白糖，这就是全部配料。黄米干饭拌上猪油、白糖，又香又甜，黄米软糯，芸豆面乎乎，口感真是棒极了，这一餐根本不需要什么配菜，一家人围坐在桌前，细嚼慢咽，大家都说，要多吃些黄米饭，把下巴黏得牢牢的，免得被冻掉。

说起黄米干饭，美食家们一定会不齿：黏食，不利于消化；白糖，高热量；猪油更要不得，高脂肪——全都在现代人谈之色变的禁食之列，怎么可以成为民俗美食呢？

身材苗条确实值得称道，骨骼清奇也应该受赞美，然而，在东北，纸片人很可能被老北风刮跑，或者被吹出病来。高脂肪高热量的黄米干饭，正是冰天雪地催生出的具有地方特色的传统美食。

这一天小孩子都不敢哭，母亲会告诫他们："张着大嘴哭吧，等老北风把你的下巴摘去，看你搁什么吃饭？"

——下巴被摘走，或者下巴掉到胸前，满嘴淌哈喇子，这是闹着玩的吗，赶快闭嘴吧。

为了保护好下巴，每到腊七腊八，我都尽量躲在家里，倘若非得出门，一定咬紧牙关，双唇紧闭，努力照顾好自己的下巴。

如今，都忘记了零下三十几摄氏度走在雪野之中是一种怎样的凛冽了。每年腊八，也会买一袋米，学南方人在温暖如春的家中细熬慢炖煲一锅腊八粥。电饭锅是焖不出从前的黄米干饭的，去街上买现成的，也不敢加猪油和白糖——没有了当初那种可以冻掉下巴的冷，我的黄米干饭还能黏住点什么？

腊七去采年喜花

我们长白山下有一句俗语,叫作"腊七腊八,冻掉下巴",腊七腊八天气极寒,除了要喝腊八粥之外,还有一项重要的工作要由姑娘们来完成。

一进腊月,姑娘们就结好了伴,准备"腊七"那天去撅年喜花,年喜花就是我们所说的野杜鹃,我们这里管它叫映山红,朝鲜族人叫它"金达莱",满族人则称它为"日吉纳花"。野杜鹃是一种小灌木,成片成片地长在高高的石砬子上,每年四月末五月初开放。花开时节,漫山遍野的粉紫色,如同朦胧的云霓,异常壮观。

我们住的小山村,大多是些平淡无奇的山丘,只有离村庄十多里的荞麦楞子山还算高峻,有一块石砬子,那里长满了野杜鹃。因为山高林密路远,太阳一出来,姑娘们就成群结队、兴高采烈地出发了。荞麦楞子山在人们的传说中充满了神秘色彩,据说那是一座蛇山,有人曾在那座山里看见过上百条的蛇聚集在一起,还有人说,他们看见过长了冠子的红色花蛇,高昂着头带领着秩序井然的蛇队伍。人们对那座山敬若神明,春夏秋三季,明知道那里山菜野果多得是,却没有人敢进山采摘,尤其是怕蛇的女人们。

好在现在是冬天,连长冠子的蛇王也要冬眠,姑娘们的阻碍就只有积雪了,不小心掉进被积雪覆盖的山沟,雪会一直没到腰间,把掉进雪窝子的姑娘拽出来,大家笑一阵,继续赶路。

一直爬到山顶的石砬子上,年喜花枝还是硬邦邦的枝条,连花的影子也没有,姑娘们只能撅下树枝,无法采到花朵。但开花不只是花儿的梦想,也是姑娘们的梦想。姑娘们边撅年喜花边唱年喜花歌:"今儿腊七儿,明儿腊八儿,上山来撅年喜花。年喜花,花儿乖,腊七儿采,腊八儿栽,三十儿打骨朵,大年初一开。红花儿开,粉花儿开,花香飘到敬祖台,财神来,喜神来,又送福,又送财,年喜花儿道年喜儿,年喜儿花儿年年开。"

一边唱,一边撅,一会儿就撅了好大一束,姑娘们撅回年喜花的枝条,要插入装满水的瓶子里,插花的瓶子可是早就准备好了的,无非是酒瓶或是罐头瓶,讲究的人家用的是白瓷的酒瓶,那种酒瓶的形状简直就是贵族,让人欣羡不已。年喜花的枝条养在瓶子里,毕竟水里的营养成分不多,养在家里的年喜花往往要比在野外开放的花的颜色淡许多,为了得到艳丽的颜色,姑娘们还在清水里掺入蓝墨水或是红墨水。

　　撅回那么多枝条,分插在不同的瓶子里,放在箱盖或是窗台上,二十多天后适逢过年,年喜花花枝上的花苞也正赶上正月里的大年初一开了花,一直开到正月十五——在冰天雪地的大冬天,在鞭炮齐鸣的纳福迎春的新年,年喜花盎然的生机带给人们无尽的希望和憧憬。

没有粽子的端午节

我小的时候,长白山里的小山村非常闭塞,根本不知道烟雨江南有一种风流倜傥的植物叫竹,因此,我们的端午节与粽子无关。

然而端午终究是个很隆重的节日,需要做许多准备工作,这些工作大多要在五月初一这一天来完成。

第一要配五彩线。

东家要一根红线,西家要一根绿线,这些讨来的线有的粗些,有的细些。母亲认真比量一番,确信五彩线的长度足够拴住我们姐弟几个的手腕和脚腕,便仔细地捻成绳,孩子们将在五彩线缤纷的色彩中绽放满足的笑脸——一年四季风里雨里光秃秃没有任何装饰的黑黢黢的手腕脚腕,终于可以名正言顺地享受装饰物的优待了。

这一天还要用艳丽的布片穿一条龙尾。把颜色各异的碎布头剪成直径为2厘米左右的圆形,把芦苇金黄的茎剪成无数个2厘米长的小段,用线依次把圆布片和芦苇管穿起来,穿到最后的圆片时,还可以钉上色彩艳丽的旧毛线做成流苏。

这样穿三五条等长的龙尾,然后用红布缝一个小布猴。把单个龙尾以正三角形或是正五边形排列,分别缝在小布猴的屁股上、脚上,一个貌似现在的风铃、可以随风摇摆的龙尾就做成了。

龙尾高挂在摇车上,摇车悠来悠去,龙尾有节奏地摆动,摇车里的孩子常常瞪着纯真无邪的眼睛盯住活灵活现的龙尾,不哭也不闹。

还要扎三五把小笤帚。笤帚草生长在小河边、乡路旁,只有几厘米长,有细密的穗,孩子们去采了笤帚草,母亲选择长得壮的,用线捆扎成笤帚的模样,端午节那天要挂在房门外,据说可以扫去疾病。

最重要的是初一这天的鸡蛋。黄昏,母亲从鸡窝里把鸡蛋捡出来,用木炭在蛋皮上画好记号,留待端午节那天晨起时煮熟分给小孩子们。

女孩子之所以热切地盼望端午节,是因为这天有个极为隆重的仪式——染指甲,那时民间称为"包手指盖儿"。

用来染指甲的是野生的茋茋草。临近端午，小女孩便相约一起出发，去低洼处，选矮墩墩根部发红茎上的嫩叶也发红的茋茋草连根拔起，再去田野或是荒地采一种藤本植物的叶子，我们叫作大布衫子叶。回到家后，把茋茋草洗净，摘取根部和叶芯，放在青石板上，用另一块石头砸碎，再放入适量的白矾，直到砸成糊状为止。

端午节的头一天，晚上睡觉之前，母亲把茋茋草糊在我们的指甲上，用大布衫子叶裹好，再用线缠紧，我们就可以满怀期待进入梦乡了。一觉醒来，淘气的孩子常常发现，有的指甲刚刚泛红，套在上面的大布衫子叶却不见了——这一定是夜里被蚊子咬，挠痒时抓掉了。

茋茋草把指甲染成洋红，像绚烂的夕阳，那种颜色一直渗透到指甲深处，似乎与我们的肉体水乳交融，因此没有任何不适，全不像如今的指甲油糊在指甲上那种沉闷与窒息。在乡下，无论男孩女孩都要染指甲，但双手的食指要留出白来，母亲说，留下食指好看家，至于为什么要看家，自有说不出的神秘昭示，天机不可泄露。大姑娘、小媳妇，直至花甲之年的老太婆，大家都要"包手指盖儿"，只不过大人一般只染红一对大拇指而已。

茋茋草染红的指甲不会褪色，要在以后的日子里慢慢地新旧交替，那一抹红不断向上、向上，直到最后被完全剪掉，这一年的光阴也便悄悄地走远了。

端午节这天，父母早早地起床，父亲的任务是去山上采艾，母亲则要把配好的五彩线、穿好的龙尾拿到室外去"打露"，露水仿佛上天的恩泽，普降在母亲对儿女平安的期待上，母亲把东西放好，赶紧去厨房煮蛋。

太阳出来之前，父亲已采回好大一捆艾草，把它们均匀地插在屋檐上，母亲也把准备好的小笤帚挂在房门外，以扫除秽气。把龙尾取回来，挂在小孩子的摇车上，五彩线系在孩子们的手腕、脚腕上，这样，就可以牢牢地把孩子拴在自己的身边，不会被老天强行夺走了。趁着太阳还没有出来，母亲把贪睡的孩子喊起来，这天早晨要去河里洗脸，母亲一直笃信，用河里的活水洗脸会去百病，家里倘有行动不便的老人或是病人，孩子们会用脸盆打些河水回来。洗了脸，小孩子就要分吃五月初一那天小鸡生的蛋，母亲说，吃了初一蛋，一年都不会肚子疼。

鸡蛋、鸭蛋、鹅蛋，在我们乡下，端午一直是个吃蛋的节日，每个孩子都像小富翁，拥有好几个蛋，这些煮熟的蛋被孩子们藏在书包里，抽屉里，像是难得的宝贝。举着半只鸡蛋在尘土飞扬的乡路上奔跑，后面跟着垂涎欲滴的小狗，这是那一天难忘的风景——这些爱炫耀的孩子啊。

通常，端午这天的早饭是馄饨，馅是猪肉白菜的，往往加入一点韭菜，记忆之中，端午的馄饨总是那么鲜美，让我们吃得肚皮滚圆，只是，长白山地区的气候特点，端午这天一直是插秧的收尾期,地里的农活太多,除了晨起时有很多规矩之外,中午吃一顿花卷馒头,再来个猪肉炖粉条,这个节,也便过去了。

最高兴的,跑来跑去的,永远都是心存梦想的小孩子,大家意犹未尽,把一根麻绳两头拴在自家院里的大梨树上,这便是乡村的秋千,孩子们坐在麻绳上悠来悠去,很是惬意,打秋千有个土得掉渣的名字,叫作"吃悠"。端午节"吃悠"的游戏让我们的笑声穿透无数的风霜雨雪,多年以后仍在耳边萦绕……

往事历历,贫瘠岁月里没有粽子的端午节让我一直记忆犹新,那些盼望,那些快乐,如今,反而成为一种奢侈。

正月十五不是元宵节

小时候,元宵是个陌生的词汇,孩子们十几岁时都不知什么叫元宵节,不过,东北的小山村倒是有个节日叫正月十五。

从腊月二十三到正月十五,是一年最为隆重的日子,来年的日子过得是好是坏,好像都与这段时间有关。这时,农人总算可以清闲几天,"老驴老马也得有个年节呀"——什么活都可以放下来,先是准备过年,春节过后,按老规矩走亲戚,串门子,吃平常舍不得吃的"好东西",懒懒散散中日子总是走得飞快,精心准备、满怀希望的日子就在人们不舍中鱼贯地逃开。

山上无人砍柴,地里没有人送粪。放眼望去,被厚厚的雪被捂得严严实实的寒冬，房子和篱笆像孩子们的秫秸玩具似的，在广袤的雪野里稚拙地、有一搭没一搭地随便摆放着。食物的香味在凛冽的酷寒里那样清晰地抚摸着人们的鼻孔。炊烟牵着暮霭，为小村垂下一瀑朦胧安详的纱幔。

不知道是谁留下来的规矩，一进冬天，这里就把一日三餐改成了一日两餐。午后两三点钟，家家烟囱都冒出大股大股的青烟，打开房门，一团氤氲的蒸汽扑面而来，在清凛的空气中探头探脑慢慢消散。走进屋里的人仿佛一下子踏入了仙境，在蒸腾的热气的围裹下辨不清东西南北。

那时的住房，打开房门便是厨房，铁锅土灶、石磨、柴堆、酸菜缸……但村里人不会撞在这些障碍物上——整个冬天，他们相互串门，早已熟悉了各家的摆设。

经过厨房，便到了堂屋。七八十年代，各家人口多，堂屋里面对面两铺火炕，住着一家老少三代人。爷爷奶奶坐在炕头上，一边含饴弄孙，一边念叨那句老话："八月十五云遮月，正月十五雪打灯"——可不是，雪花不知何时也来凑热闹，悄悄地在窗外飘。

厨房里，红红的火苗舔着灶膛，人影憧憧，或母女、或姑嫂、或一对小夫妻，一个在灶前添柴，一个在忙着蒸馒头、摆供碗。馒头的周围镶上红枣，摆起来很是庄严。五个供碗，有鱼、方子肉、豆腐、大葱和炸成花形的粉条，五个菜各有寓意，分别代表吉庆有余、有肉吃、有福享、孩子们聪明，全家受神佛的护佑。

堂屋的山墙上高挂着宗谱和对联，正月十五这天早上，要早早地摆上祭品，女人们张罗这一天的饮食，元宵就是后话了。从前，大家在正月十五这天仍然吃饺子，酸菜馅的，还要包得肥肥大大些，大小要均匀，这样，来年家里的母猪生崽子的时候才会个个肥壮，不会有"拉杂"（格外瘦小的那一个）。

等到午后三四点钟，吃过晚饭，男人们则带上香烛、纸和灯笼去坟地"送灯"——奶奶说阴间的鬼正月十五上元夜要出来捉虱子。

天还没有黑下来，每一个坟头的前边都已被小心地扒出一块雪窝子，把灯笼放好，用雪埋一下，点燃香烛和纸，就可以下山了。小时候，透过渐黑的窗子看那点点烛火忽明忽暗，似乎每一盏烛火后都有一双专心致志捉虱子的眼睛，既好奇又害怕。

男人们回到家，洗了手，毕恭毕敬地点燃一炷香，一家老小给祖宗磕了头，"放路灯"的节目便隆重上演了。最初是稻草，后来有了柴油，柴草灰也好，粳糠也好，拌上柴油，从家门口开始，一堆一堆地向外点燃，直与邻家的火堆连成一片。这样，就把厄运、贫穷、疾病……所有"不好的"都送出去了。

"路灯"随着村路蜿蜒蛇行，蔚为壮观，孩子们笑着、

闹着，欢快地在火堆间追逐。

一挂爆竹，用长杆挑起来，在房门口点燃，一直跑向大门外，奶奶说，这样可以去掉一年的晦气。女人们忙着在每一个黑暗的角落点燃蜡烛：房前屋后，鸡架猪圈……小孩子举起铜盆，也是房前屋后地敲一通。你看，到处都是火和光明，到处都是极具警策力量的铜盆声音，一年就不会有小偷来光顾了。

正月十五另外的节目是"骨碌冰"和"走百病"。

巧手的孩子们早已用秫秸扎好了灯笼，五星灯、走马灯……裱上红的黄的纸，里面插上一截蜡烛，美滋滋地用一根棍挑着，你找我，我找你，一会儿就撺掇了大队人马，一齐向村外的大河迤逦而去。

淘气的男孩最喜欢向女孩堆里扔爆竹，爆竹扔出去，女孩吓得尖叫，继而开始追打，男孩便憨憨地笑起来，拼命逃，逃进齐膝深的雪地里，手中的灯笼一偏，烛火便蹿上了灯笼纸，一片火光过后，秫秸的灯笼成了灰烬。孩子们开心地笑成一团，连身边的狗儿们也似乎理解了他们的欢乐，跑来跑去，汪汪地撒着欢儿。

河滩上早已拢起了篝火。无论大人还是孩子，都尽情地在冰上雪上滚来滚去。"骨碌冰、骨碌冰，保佑一年肚子不疼。"那时候村里人几乎不知什么叫感冒，但孩子们夏日里整天泡在大河里，或者疯跑后回家灌一通凉水，难免着凉肚子疼。爱闹肚子疼的孩子,每一年都会很认真地"骨碌冰"。

一个村庄就那么几户人家,大家几乎天天见面,很少有陌生的面孔,倘若哪家来了外村的亲戚,小孩子们都会去看稀奇。此时,沿着大河走得远的,有时还会碰见邻村的人,能碰见许多人,甚至能碰见陌生人,那时是多么惬意的事儿。

没有人独自回家,这家一伙男人,那家一伙女人,围着火盆猜谜语的、打扑克的……能走遍全村每一家最好,这叫"走百病"——走得多了,百病全消,连平时最木讷的男人也会坐在邻家的炕沿上,慨叹一声"年也过啦!"——过了正月十五,"年"才算真的过完了,人们又要投入到周而复始的劳作中去……

夜深了,烛火已经燃尽。河滩上、村路上,火在雪被上精心描绘的黑色花朵,证明了火与水的精灵——雪曾经相依相偎,和平共存,就像贫穷与繁华、过去与现在永远不可分割一样。火的源头是生活,火的尽头,还是生活。

东北山民的节日：山神节

婺源的油菜花开了，柴扉也关不住黄花闺女的娇艳；武汉的樱花开了，城市都在满城粉红的花雨里害起了相思；还有桃花、杏花、梨花……诗人说"人间四月芳菲尽"，可如今三月已经过半，我们这里冰河未开，柳树还在冬眠，春天流连在繁花似锦的南国，"春风不度玉门关"。

南长白山地区的春天，总是迟迟地、怯怯地、不肯快快地来。

山民们知道春天的脚步不远了，所以并不着急。田还冻得冰冷僵硬，在沉睡中准备孕育种子的墒情。午后的阳光已经温煦了好多，急性子的荠菜和蒲公英尽管冻得浑身紫红，却勇敢地钻出了地面。山坳里雪还没有化透，在冷热交替中结成大大小小的颗粒，再纠结成冰晶，冰凌花却破冰而来，举起了迎接春天的第一杯金盏。

山民的风俗，农历三月十六是山神的生日，只有山神醒来，抖落一冬的冰雪尘埃，春天才会叩开山门，植物们才会一一醒来。

准备好一整头猪、大公鸡、大碗的酒，带上爆竹、香烛纸锞，山民们抬着供品虔诚地进山祭拜我们的山神。

有人说山神的名字叫孙良，和同乡兄弟来长白山挖人参，为了寻找丢失的兄弟饿死在长白山里，山民们敬重孙良的义气，尊他为"老把头"，并奉他为山神。

也有人说，山神其实是一只老虎。是传说中的东北虎吗？我对老虎山神浮想联翩。

不管山神的形象如何，总之，山是住着神灵的，山神主宰着山里山外的一切，把山里的财富和宝藏分发给勤劳的山民。为了得到山神的护佑，每年农历三月十六，一村子的男人都会齐聚在山神庙里，没有山神庙的地方，三块石头或是三块砖头砌一个庙门，在山脚下撮土为坛也要祭拜。

早晨，一层薄雾让朝阳朦胧着金色的微熹，山光和远树全都披着缥缈的纱衣，村民们早已聚齐了，猪是刚刚杀掉、收拾好了的，一辆皮卡拉着，山脚下，四个汉子抬着一头整猪，猪俯伏在木案板上，猪头上系着红绸，木案板四角的杠子上也系着红绸，周围更有许多人精心维护着，大家鱼贯地拾级而上，直到山神庙内。

山神像前，猪脸朝外，主祭人摆好水果，倒上酒，先在庙内跪拜诉说一番。这时，外面的村民也有了新的行动，几个人在庙门的一侧把鸡杀了，一个青壮汉子扯着鸡头鸡翅围着小庙疾走，先是左三圈，然后右三圈，鸡血均匀地滴落在山神庙的四周。

此后便是隆重的进香时刻，村民们点了高香，自觉排队，依次把香插到山神面前的香炉里，磕头跪拜，有人在各处安放好了烟花爆竹。

拜过了山神，许了愿，出来便到庙前的大铁炉子前烧纸。等到把厚厚几沓纸烧掉，所有的人都上了香，磕了头，有人便为大家分发早已准备好的饼干，这时，鞭炮齐鸣，响彻山谷。山民们一边嚼饼干，一边仰头看鞭炮直冲云霄，祭祀也可以告一段落了。

水果，香烛，这些都可以留给山神，鸡和猪是要带回村里去的，下山时仍然由四个汉子抬着这口猪，大家兴高采烈，交流这一年的计划：准备发展多少帘人参和细辛，哪块地种黄豆，哪块地种玉米……春天来了，山民们全都跃跃欲试。

山神的盛宴结束之后，人间的盛宴也就开始了。把鸡炖上，把猪肉烀上，小鸡炖蘑菇，猪肉炖酸菜，大碗酒大块肉，喝得痛快淋漓，和山神共享。这一天，大家尽情地大吃一顿，直吃得人仰马翻……这是最后一次放纵，春天就要来了，男人们攒足了劲，痴情地守望着他的山，他的田。

因为有萨满遗风，南长白山地区有诸多禁忌，女人是不可以祭拜山神的，山神只属于男人。

我小的时候，也曾远远地跟住抬了大肥猪的队伍，看他们在山神庙前忙活，杀鸡、摆供品、烧纸、放鞭炮，不时大声地吆喝着，等燃着了香烛之后，他们有序地一个接着一个地顶礼膜拜，高声祷祝。蓝天白云下，苍黄的长白山不知背负了多少传奇和故事。此时香烟辗转缭绕，纸钱在焚化时发出一片火光，让这一场祭拜变得无比神圣。我甚至看得见高大威猛的山神，顶天立地，金盔铁甲，端坐着，自带一种主宰者的威严。

于是我们一帮小孩子也在屋后另一座小山前插草为香拜山神。这是一座不起眼的小山，也许，它的神灵该是长辫子的、红衣绿裤的人参姑娘吧，或者就是戴了红肚兜的人参娃娃。他们是我心底私下里的山神，我不祈求与他们相遇，发一笔横财，只求他们叫醒春天，让柳树抽芽，让花儿绽放，让蜂蝶欢快地舞蹈……只求他们，把温暖烂漫的春天，连同记忆，一一给我。

那些可以乞巧的节日

长白山下一度是蛮荒之地,少有文化传承,人们对事物的认识更多的是来自本性、天性,因此大都朴拙、自然。

关于女子,没有人听得懂什么"兰心蕙质",什么"清水出芙蓉"——这里既没有兰蕙之香,也没有芙蕖之雅。在漫长近六个月冰天雪地的苦寒中,一个女子,若能和男子一起干完地里的活之后,又言语温婉使人高兴,手脚麻利使一家人衣食无忧,甚至会描龙绣凤把简陋的居室装点得色彩斑斓,便会被由衷赞为"巧女""巧妇"——"巧"是我们这里对于女子的最高评价。

何谓巧女?往往从长相上便可以判断:十指尖尖,必定手巧,会做一手针线活;唇薄而红润,必定嘴巧,会甜言蜜语哄人喜欢。像我这样长着深暗的厚嘴唇，十指粗短不中看的丫头，母亲就只好不断地为我"乞巧"了。

每年农历二月二是我们的"猪头"节，这一天，一家人要烤猪头、烀猪头。猪头烀好了，猪眼睛猪耳朵这些稀罕物要留给爷爷奶奶吃，猪上腭有均匀的褶皱的那小小的一块，母亲说它叫"猪巧"，一定要认真取下来给我吃。当初我太小，母亲把烀好的"猪巧"蘸了酱油递给我，我不敢吃，母亲就哄我：

"吃吧，吃了就会变成巧姑娘，会梳头。"

我于是把那块"猪巧"吃下去，咸香软嫩，我吃上了瘾，再去要时，母亲遗憾地说，每头猪只有那样小小的一块"巧儿"，要吃，只有等到明年。

母亲笃信"猪巧"会使我变得玲珑俊秀，因为每年都会吃它，我自己也就有了底气，虽然手指仍不细长，嘴唇仍然痴厚，变成巧姑娘的信心却与日俱增。

最隆重的乞巧是在七夕。在我们极为注重现实的意识里，漂亮又能干的织女当然是最巧的女子，神仙都有悲悯之心，在她与牛郎及孩子相聚的那一刻，她一定愿意把她的"巧"分一些给天下的姐妹。是夜，母亲在院子里放一盆清水，给我一根缝衣针，我肃立盆前，郑重地把缝衣针丢到水里，母亲一直笃信，针影的粗细就是神仙对一个小女子巧或是不够巧的最好判断，我丢下的针在水里映出一条粗壮的影子,这说明我是个笨女子,母亲叹气又摇头。

于是向织女乞巧。母亲敛首含眉,默默祷告之后,再给我一根针,我有些茫然,笨手笨脚地把针丢到水里。

针影仍然粗壮——这个笨丫头,实在笨得瓷实,想一下子变巧,是不可能的。

于是再乞求,再看针影,如是三次,乞巧结束,母亲信心满满,说针影已经细了很多,织女已经在帮助她的宝贝女儿了——这样年年岁岁求下去,笨丫头一定会学乖,会变巧。

每一年七夕沁凉的夜晚,笃诚的母亲都会打一盆清水在当院,虔诚地为女儿向织女乞巧,从青丝到白发。而我,也从一个青涩的小丫头长成亭亭玉立的少女,唇若含珠,十指尖尖,曾经看起来粗壮的针影,母亲总说它会变得细若发丝,在母亲心里,终有一天,女儿会成为她期待的巧姑娘。

可是,直到如今,我仍然不会鼓舌如簧,不会描龙绣凤。我的手仍然不灵巧,我的嘴仍然笨,我没有变成外表纤秀轻巧的女子,没有变成口吐莲花的巧妇,只是,我的心是被母亲朴素执着的希望洗濯过的。如今,我用文字织补生活,但不管世界多么脏多么乱,我都不会去刻画阴谋,去细描黑暗。苦与乐,贫穷与富庶,天真单纯与心机城府,在我,只是一种生活状况,我只要坦然面对就好。一辈子很短暂，我要做母亲笃定的贤惠女人，用一颗单纯的心，用属于我的文字和简单的思想去做不倦的清洗，去绣属于我的华章。我要在漆黑的蚌壳里找到珍珠，在错综复杂的阴谋里找到真诚与良善，我要掠过黑暗，打开窗子等待黎明，就算黎明不来，也要在心中描那满室的光芒。

直到今日，每年农历二月二，我仍然会去市场上买猪巧来食，日复一日，品味童年的梦想，等到七夕，我也会备一盆清水，向织女乞讨一颗能坚守真与善的心灵。

如果可能，我要养一个女儿，兰心蕙质，清水出芙蓉……

数九寒天冬至始

北方的冬天,小雪之后便水瘦山寒,冷得有模有样。到了大雪,山上早覆了厚厚的棉,地上也铺了层层的白。人们裹在温暖的棉衣里,围巾手套全副武装,仍然躲不开无孔不入的冷。走在少有行人的村路上,积雪弹拨着僵硬的鞋底,咯吱咯吱,冬天的音符铿锵一地,让每一串脚印都变是活色生香。

红公鸡栖在坍上,微闭了眼沐浴最后一缕夕阳,鸭和鹅蹒跚着,像肮脏的雪球四处滚动。天命难违,如今,无论它们怎样抢食,都抵消不了寒冷对脂肪的消蚀——最严酷的寒流就要来了,生命渐凉,日子渐渐薄透,四季即将走向尽头。

12月22日,冬至就是我们的冬节,这是北半球全年中白天最短、黑夜最长的一天。古人云:阴极之至,阳气始生。"日南至,日短之至,日影长之至",故曰"冬至"。据说它是二十四节气中最早被制定出的一个,在周代是新年元旦,曾经是个很热闹的日子。

在我的家乡,冬至这天称之为"交九"。从这一天开始,就要打起精神全力以赴挨度一年中最为寒冷的时光,同时也可以翘望冬天身后那个崭新的春天,这是些让人局促也让人兴奋的日子,与庄稼地里的播种和收获全然不同。

"冬至的馄饨夏至的面",这一天最重要的就是全家围在一起包馄饨、吃馄饨。馄饨的皮切成梯形,放入肉馅,长边和短边对折,同时捏紧两侧的斜边向中间聚拢,捏成一个饱满的"耳朵"。冬至这天,把这样的馄饨吃下去,一家人就会得到护佑:不管有多冷,也不会在冰天雪地里冻坏耳朵。

同样,冬至这天还要用藿香煮水洗脸、洗脖子,烫烫脚,保证这个冬天手脚不要被冻伤。

"一九二九不出手,三九四九在家死守,五九六九冻死狗,七九河开,八九燕来,九九加一九,耕牛遍地走。"从"交九"开始,人们就要守在家里"数九"了,有文化的人用诗句数九,没文化的人用图画数九,九九八十一天,人们要慢慢地、慢慢地画一幅"消寒图"。

先人传下来的数九诗主要有两句，一句是"亭前垂柳珍重待春风"，另一句是"春前庭柏风送香留室"，把这些文字恢复到从前的繁体，细细数来，这里的每一个字便都有九个笔画，九个字，正好八十一画。用双钩的技法把字写在纸上，冬至这天开始"描红"，每天一画，就这样一笔一画地描下去，直描到冰消雪融，春暖花开；直描到布谷催春，耕牛遍地。

细心的人还会用细毛笔蘸上白色，在当日的笔画上记录当天的天气情况，这样，等到"出了九"，这幅消寒图也便成了珍贵翔实的天气记录。

画消寒图，用得最多的是梅花。

说是梅花，其实不然。因为这一树花只有九朵，每朵花要有九个花瓣。先把这一束花在纸上勾勒出轮廓，此后，每过一天，便在一片小小的花瓣上着了颜色。这九朵九瓣花或许显得古拙些，粗糙些，但是，它却是众花的使者，等到它红瓣尽展，天下百花便会应邀倾情绽放欢妍。

数九寒天冬至始。冬至过后，气温会从二十几摄氏度起步，一路降下去。耳朵、手脚冻坏过的，生过冻疮的，一不小心就会再次冻坏，大家只能小心翼翼在家"猫冬"。零下三十几摄氏度的气温，南方人听起来就怕了，就像东北害怕南方灼人的酷暑，其实，东北多的是朔风里的温室，多的是温室里的热汗淋漓，热火朝天，人们念着"九九歌"，心安理得地从一个温室移动到另一个温室,在冬天里享受安闲,休养生息。

冬至之后就是新年。天气那么冷,比冰箱里的温度还低,雪那么厚,可以为所有的食物保鲜,那些再也无法长膘的鸡鸭鹅们,此时就会陆续被主人杀掉,清洗干净后埋在雪里,在漫长的冬天里,肉食是东北离不开的饕餮大餐。

年猪也要杀了。邀了亲朋好友,热热闹闹地忙活一番,午后,坐在温暖的火炕上,杀猪菜,老白干,推杯换盏放开肚皮大吃一顿——东北的冬天,多的是这种可以尽情释放的欢乐日子。

东北人不怕冷,东北的冬天,就该冰天雪地,就该冻煞一切毒虫害虫。"第一莫贪头九暖,连绵雨雪到冬残",倘若冬至之后起头那九天暖和,跟着来的整个冬天就会特别寒冷,所以,人们并不祈望冬至之后仍然温暖。冬天足够冷,雪被足够厚,来年往往都会有极好的收成。不错,风霜雨雪原本就是自然的语言,每一个节气,老天都会给出相应的预告,只有那些和四季交融的人,才看得懂老天的脸。

春天,从清明开始

踏青、扫墓、插柳、吃艾团……杏花春雨的江南,此时已过仲春,春深似海。在这花红柳绿的日子里,人们有理由过一个隆重的节日。可是在东北,在我们长白山脚下,春天还迟迟未到,冰未消雪未化,大地仍然躲在残冬里沉沉酣睡。

生活在长白山区,清明扫墓实在是一件很尴尬的事:此时衰草遍地,树木经过半年的冬眠也耗干了水分,再加上山风肆虐,打着旋呼啸着窜来窜去,此时山林最怕的就是火。每年清明,乡村干部都异常紧张,大家分头巡视,坚决不允许人们上坟烧纸,不允许带任何火源,饶是如此,因为偷偷烧纸引起山火的情况仍然时有发生。

在雪被的覆盖下，坟丘上一点都不杂乱，因此也无须清理。地还没有化透，想往坟上添土也不是一件容易的事，坟地在山阴处的人家往往要到很远的阳坡取土，因此添土就算清明扫墓的大工程了，这是男人的活，清明扫墓在我们这里就演化成了男人的独角戏。

草未青柳未绿，艾草要到端午才抽嫩枝——无处踏青，无须插柳，更没有艾团装点清明的餐桌。热闹的节日活动和形形色色的美食都与我们无缘，我们盼望清明，是因为我们真正的春天是从清明这一天开始的。

这一天最重要的事就是脱掉穿了一冬的厚厚的棉衣，人们互相提醒着说："清明不脱棉袄，死了变家雀儿；清明不脱棉裤，死了变兔子。"为了轮回中不堕入家雀儿兔子之类的畜生道，无论大人小孩都乖乖地脱掉棉衣，却里三层外三层地穿上秋衣秋裤、毛衣毛裤、坎肩护膝之类。一位怕冷的女同事曾在清明之后当着我的面掀着衣角一层一层地数：背心、紧身衬衣、保暖衬衣、毛衣、坎肩、毛衣外套、呢子外套——大大小小仅上衣就穿了七件，七道岗哨来与料峭的春寒相搏击，清明时节的冷，可见一斑。

大地还没有找回烂漫的春装，春天还裹挟在凌乱肮脏的黑白世界里。午后，风终于不再冷得透骨，妇女和孩子们蜂拥着出去剜野菜。此时只有一种野菜露出地面，就是小根蒜，我们这里叫小根菜，学名叫薤白。它有着百合一样的雪白的鳞茎,不过要细小得多。早春时露出地面的一部分紫红色,像针尖一样,在枯草堆里极难辨认。

长白山人崇尚自然、本色,因此几乎所有的蔬菜都可以蘸酱吃——把小根菜剜回来,择洗干净,一碟酱,一碗玉米粥。热得过瘾,辣得爽口,真是绝对热辣的美食。

此时最好吃的东西还有"地见皮",村里人叫它"地甲皮",这是蓝藻门念珠藻科植物葛仙米的藻体,也叫地耳。它长得像木耳,薄如蝉翼,沾水后呈现墨绿色。地甲皮分布在荒凉的山路上,湿度较大的光秃秃的山坡上。被太阳晒干的地方,地甲皮也像干木耳一样把自己蜷缩起来,被雪水泡着的就显得格外肥大。

地甲皮上总是长满苔藓,上面布满腐烂的枝叶和尘埃,要细心收拾才好。它像木耳那样爽脆,比木耳更嫩,润而不滞,滑而不腻,口感极佳。地甲皮炖土豆,便是清明节家家户户都要尝一尝的美味。

当然,除了野菜,我们也有清明节必吃的食物——豆腐和鸡蛋。民间流传着古老的歌谣:清明不吃豆腐,穷得乱哆嗦;清明不吃鸡蛋,穷得乱颤。

每到清明,卖豆腐的声音便在村子里此起彼伏,格外嘹亮,女人们纷纷端出黄豆换一块大豆腐,炒、拌、熘、烩各显身手。

尽管全无踪影,但大家知道春天来了,就像顽皮的孩子躲在门后，会在忽然之间大叫一声冲出来——农人开始准备种子，不怕冷的孩子也会跑出去放风筝，连歇了一冬的老母鸡也得了某种信号，相继"开裆"生蛋，"咯咯哒——""咯咯哒——"乡村的高音歌手唱过之后，鸡窝里必然会留下温热的红皮鸡蛋。

　　清明这一天，正是一年里第一次吃自家土鸡蛋的时候，有人干脆把鸡蛋豆腐烩在一处，来个"金玉满堂"，有了这个金玉满堂，这一年的日子一定顺风顺水，大吉大利。

辑 三

筛在笸箩里的细碎光阴

筛在笸箩里的细碎光阴

在一家民俗馆里,我又看到了柳条笸箩、箩和箩面挂,记忆一下子回到了遥远的童年。

父亲是柳匠,我小的时候,父亲常常利用冬闲时间割回大量的柳条。春天一到,把柳条成捆地直立在小河沟里"生"起来,用不了多久,这傻傻的柳条就会欢欢喜喜地长出翠绿的柳芽,这时,父亲把它们扛回家来,一家人一起剥柳条的皮。

因为下手要轻重适宜,因此大人负责用铁夹子把柳条夹一下,"唰"的一声,柳条水分十足的外皮便绽开来,老人和孩子把皮剥下来,剥完的柳条白净净、湿淋淋的,满溢着生命的汁水。

在太阳底下晒干，捆好，等到用时再喷上热水，用厚麻袋捂一下，柳条仍然会充满生命的妄想，变得柔韧起来，这时候，父亲就会用麻绳把它们编制成簸箕、笸箩之类的物件。

父亲不爱编笸箩，因为笸箩的用料多，费时费劲又不常用。但我们家大大小小的笸箩却很多，有一个特别大的，父亲说，它可以给小孩子当"船"。

那时村里修了很多梯田，又把河里的水用一些粗大的铁管引到半山腰上，在那里开凿了水渠，这样，我家的后山就凭空飞架着一条小河。

清清爽爽的河水从大铁管里汹涌着落下，离我家不到五十米。夏天，妈妈们去洗衣服，孩子们就在水渠边上玩。父亲那时年轻，也很孩子气，回家扛来他的大笸箩，让仅仅五岁的我坐上去，三岁的弟弟哭闹起来，父亲也把他抱过来。小弟弟又白又胖，光着屁股只戴了一个红肚兜，父亲也把他放到笸箩里。

父亲说："船要出海喽！"望着其他小朋友羡慕的眼光，我开心极了，弟弟虽然不懂这些，也觉得很新奇，两只胖胖的小手不停地拍打着笸箩的边沿。洗衣服的女人们扬着脸瞅我们笑，谁都不曾阻止，父亲洋洋得意，他信心十足地用力一推，笸箩"嗖"地一下冲出去，顺流而下，父亲正为自己的奇思妙想哈哈大笑，不想船上没有得力的水手，转眼间我和弟弟失去了平衡,笸箩懒懒地翻了个身,我和弟弟被笸箩无情地扣在了水里。

母亲吓坏了,好在水不深,我和弟弟不过被灌了几口水,并无大碍。

从此我们不得不承认,笸箩注定做不了船,它的使命就是盛放玉米、玉米面或是别的食物。

尤其是推磨的时候,离开笸箩几乎就无法罗面。

乡村的石磨大概是文明社会最后的石器,在东北,它几乎占据了整个"外屋"。四根木桩支起做成圆形的木板,这叫磨盘,磨盘下面藏着坛坛罐罐,上面压上两扇石磨,这才是主角。

石磨分上扇和下扇,上扇有磨眼儿、磨脐儿,下扇只有一个磨轴,与上扇的磨脐儿套在一起。

下扇磨是固定的,转动的是上扇磨,因此上扇磨的磨沿儿上被石匠等距离凿了两个圆孔,钉入两根短短的木棒。

选一根带弯的木头,就着磨扇的圆形绑在两根短木棒上,是谓磨杆。

母亲把小毛驴套在磨杆上,把玉米倒在磨顶,小毛驴哒哒地走起来,堆成圆锥形的玉米顺着磨眼儿往下流,流进转动的磨芯,玉米便被磨开,漏到磨盘上。

母亲忙着簸去糠皮,然后把推过一遍的半碎的玉米重新倒在磨顶上,磨眼儿里插入几根木棍,这样流入磨芯的

玉米就会少些，同时磨芯里的东西就会被碾得更细碎些。

我的任务就是罗面，那时也就五六岁，倒也是个听话的孩子。

罗面挂放到笸箩里，它很像一双铁轨，光滑细腻，是罗的跑道。母亲把磨上的东西收在另外一个笸箩里，我每次盛上半罗，在罗面挂上咣当咣当地推拉，玉米面像霰雪一样纷纷落下，上面，罗里的东西越来越清晰，终于变成了金黄的玉米楂子。

母亲继续用簸箕簸，分拣出大小楂子米。

我专心致志地抓住手里的罗，让它沿着罗面挂有条不紊地前行，倘若推拉得快了，罗就会偏离，跌入笸箩里，这时，有些性急的母亲就会大声吆喝，手里如果没有端着簸箕，她会用食指戳我的额头，或是照着后背给上一巴掌。

母亲有节奏地簸着簸箕，像是在投入地舞蹈，她还要看住驴，防它偷嘴。当然，我也逃不开母亲的视线，不知为何，我对玉米面纷纷落下的场景很是着迷，常常趁母亲不注意把罗举起来用力摇晃，玉米面从天而降，飞到我的头发上、眼睫上、脸上、衣服上……到处都蒙上了一层淡黄，覆了玉米粉的眼睫毛像蝴蝶的翅膀微微悸动，细小的颗粒纷纷扬扬载歌载舞——我忘记了一切，沉浸在粉妆玉砌的童话世界中……

日落西山，母亲终于卸了驴，最初那一笸箩玉米粒变成了地上一堆糠皮，簸箕里不同型号的楂子，笸箩里厚厚一层玉米面，以及满世界飞舞着的面粉的尘埃。

母亲细心地用面袋子、小笸箩把一切收拾好，我却仍然舍不得离开笸箩，舍不得离开那些小山一样堆积起来的淡黄的玉米面，我努力抻长胳膊，在玉米面上画猫猫狗狗，画大头人，画想象的花朵。

母亲此时已经解开围裙，先把自己浑身上下抽打一遍，再把我揪起来，手抚在我的头上让我像小小的陀螺那样转来转去，同时用她的围裙轻轻敲打，受惊的玉米面又飞舞起来，它们挣脱了我的眼睫，向上飞去。

此时夕阳挤进门来，照彻着那些细若光阴的尘埃……

农 历

每到年终岁尾,我都会心急火燎地去寻找那种最古老的日历,我喜欢那厚厚一本日历拿在手中的沉甸甸的质感,喜欢日历封面红红火火的"狮子滚绣球"简单粗糙的喜悦。这种日历不值钱,小商小贩很随意地把它们扔在包装精美的挂历或是其他大幅彩画当中,因此,它们个个蒙尘,灰头土脸。

如此低档的日历原本是给老先生老太太准备的,小商小贩收了钱,从拥挤的挂历中拣出一本,远远地扔在柜台上。我的心一紧——那可是属于我的未来,整整一年的时光,我真怕哪一个日子会被他摔到撕裂,摔到破损。

吹掉缠绕在日历上的蛛网,用衣袖拂去无处不在的尘埃,粗略翻看一下,公历、农历、节气、节日……时光一一在眼前铺展,我不能细翻,怕它们顽皮地从我的指缝间溜掉,急忙合起来,小心地放到袋里。藏好了日历,也就藏好了日子,我此时心满意足,愉快地把这个宝贝带回家。

日历牌上还有薄薄的几页,我虽不急于把它们撕去,但日历上那些大红大绿都与我无关——舶来的节日笑嘻嘻地挤在一起,平安夜、圣诞节、狂欢夜。有时我寂寂地走在热闹的街上,会有一只冻僵了的苹果被谁一脚踢飞,骨碌碌从我的眼前一跃而过,可怜它一度身价百倍,转眼间就沦落风尘。

新年过后,我的农历还滞留在岁尾。大雪封山,地冻天寒,一些冰肌雪骨的节气鱼贯而来:立冬、小雪、冬至、大雪、小寒、大寒。每一个节气的名字都坚硬如冰,在炕上明明灭灭的火盆里,在窗棂棉絮一样冷冽的霜花里,在呼啸着呜呜滚过的老北风里……越来越严酷的节气横冲直撞,耍尽了威风。

腊月里,死亡不过是一种深度睡眠,所有的植物,所有的青春连同风花雪月的故事,此时全都睡了,天地就是一座灰霾的墓,生命被收入仓廪。

一段路到了尽头,到了绝处,但一切不会从此消失,积弱亦是生命的一种方式,弱到极点,反而会产生新的契机,那些看似死绝之地不久还会珠胎暗结,新的生命自然会源源不断地诞生——从雪地里,从冰川下,春天总是悄悄地来。

立春一到,明明冷得彻骨,积了一冬的雪却耐不住了,无端地软了、散了,有的干脆化作污水四处逃离;雨水纷落,对冬天做最后的洗涤,春雷乍响,小虫子们争先恐后地跑出来,转眼间,春天就走过了一半。

小草是什么时候铺满整个大地的?树叶是什么时候插满枝头的?"立夏到小满,种什么都不晚。"父亲迈着方步,从容地念叨着,他的田已经撒满了种子,饶是如此,还是不甘,总觉得还有一片田,可以播种更多的希望。此时,在另外的纬度,麦子成熟,该上场了。芒种过后,夏天大军压境,炙热的小暑大暑牵手而来。

花儿妖娆,庄稼弄情,热烈的夏日终究要走远,说来也怪,同样的好天气,立秋之后,天忽然就高了,风忽然就凉了,野果仿佛一夜之间就成熟了,大家忙着去采摘坚果,去林间捡蘑菇,这是最后的农闲时间,白露一过,就可以开镰割稻了。

天是一日冷似一日,中秋过后,寒露是先遣,拿走庄稼的命,再用一场霜降吸干植物所有的水分。

庄稼们入了仓,老天立马给大地盖上厚厚的雪被子,新的轮回还将继续上演。

不需要文化，也不必进学堂，乡下人甚至连歌谣都不会背，但节气都在他们心中装着呢，节气和节令深谙自然之理，春夏秋冬，周而复始，每一株草，每一朵花，每一条无忧地游来游去的鱼，它们都看得懂农历。

最先发现春江水暖的，是鸭子；最急于整埫播种的，是布谷；最想逃离霜冷秋寒的，是大雁；最不惧一地风雪一地严寒的，是麻雀……鸟儿们在农历上载歌载舞，让农历欢天喜地，异彩纷呈。

还要歌谣做什么呢？农人的身边，多的是农历的先知者。

幔子也遮不住风花雪月

夏夜的凉风透过支起的小格子的木窗吹进屋子,炕上的苇席发出银色的光来。风轻轻地越过熟睡的人,一直吹过炕沿,掀起低垂的幔子的一角,就像掀起女人的衣襟……

在我们东北,幔子是在新婚的鞭炮声里挂起来的。幔子坠在幔杆上,幔杆就是当初以媒妁之言为主的婚姻的支撑。它由九尺九寸长的细长松木做成,刷了红色的油彩,但又不刷到头,两边各露出少许白茬儿——小小的幔杆寄予了人们对婚姻的美好祝福:九尺九寸的长度代表天长地久,两头的白茬意为白头到老。

幔杆多是男方家备好放在新房外的,当送亲的亲朋下了车,大家簇拥着新娘子鱼贯地走进喜堂时,一些人也就各自进入了角色，挂幔杆是新娘的亲兄弟的活儿。把幔杆拿进新房，帮忙的女人们早已把幔子准备好了，大家七手八脚，帮他把幔杆穿过幔子最上方用来固定幔子的细小的筒，再把幔杆两端系上红绳，在梁上钉上钉子，把红绳系好，幔杆也就被高吊在梁上了。

幔子大多数是新娘自己选的：或是两幅大红大粉的被面，有龙、凤、石榴、牡丹之类的图案，或是两幅深粉浅粉的床单，美丽而又雅致。幔子的上方一定还要有翠绿的宽约1.5厘米的轴，由绿绸或是可以泛出光亮的麻线布做成，像女孩的百褶裙似的，要压出均匀的褶边来。幔子和幔轴红绿相配，鲜艳醒目，烘托着喜庆吉祥的新婚。

新娘的兄弟挂好了幔杆，得了赏钱后高高兴兴地退下，这时，由新娘的妹妹上场叠幔子，先把其中的一幅幔子对折，再对折，直到对折三次搭到幔杆上，然后依此叠另一幅，再把两幅幔子的交接处整理好。简陋的婚房因为有了这红绿相间的幔子的点缀，一下子变得热闹起来。

叠幔子的女孩同样得了赏钱，大家兴高采烈，看新郎和新娘拜堂，然后规规矩矩走入洞房，仿佛在走辗转曲折的人生。

抢喜糖，喝喜酒，坐福，合卺……一步一步进行着的婚礼，这是女人一生中何其隆重的大事，自然要有许多讲究，要充满神秘感才好。

然而无论多么繁琐的仪式，多么隆重的礼仪都会过去。中午十二点之前，送亲的人呼啦啦地离开了，女孩像一株被移栽的花儿，只能自己适应环境，开始新的生活。

洞房并没有花烛，只有低垂的幔子像含羞的女子垂首侍立。新婚的被褥大多由新郎儿女双全被公认为有福气的姐姐或是长辈铺好，幔子也被放下来，就仿佛洞房的门已经被人含笑关紧，小两口可以温柔缠绵了。

住在对面炕上的公婆大多会找出各种理由再忙一些事情，或去邻居家串门。就算一起睡下也没什么，只要放下幔子，就有了一面可以保护温存的墙。

幔子看到了多少柔情，听到过多少蜜语？谁也不知道，它们由当初的娇艳欲滴渐至退了颜色，一直守口如瓶。倒是睡在炕上的小夫妻守不住秘密，春花秋月之后，幔子就整日地垂了下来，原因是当初的新妇已经做了妈妈，幔子像胸怀硕大的慈母，为年轻的女人围出一方产床来。

因为放了幔子，大嗓门的邻家大婶会忽然压低了声音询问："猫"下了吗？"拣"了个什么？现在的年轻人也许弄不懂这句方言的意思，这其实是在问，生了吗？生的男孩还是女孩？

"大胖小子"也好，"丫头片子"也罢，女人在幔子的保护下安心地"猫月子"，得到消息来"下奶"的都是亲朋中的女眷，倘若想看看孩子，大家都会在幔子前检查自己是否带了尘霜，还要暖了手，把声音压低，决不能惊吓了婴儿。那时候十里八村也就有个赤脚医生，就算是孱弱的婴儿，许多疾病也只能自己去扛，幔子是婴儿生命的第一道防线。

孩子满月后，女人再也不舍得让幔子挂在那里，在岁月的尘埃里变老变旧了，小心地把它们从幔杆上扯下来，洗净，包裹起来，倘若再生孩子时还要挂上。平时倘有闲暇，女人在收拾包裹时会抚摸着仍然鲜艳的幔子，眼神迷离起来，思绪不知飘到何处，就那么呆呆地，陷入了关于幔子的梦想。

转眼间生过四五个孩子，十几年的婚姻弹指间匆匆过去。对面炕上的老人大多已经作了古，不需要幔子的阻隔了，况且，身边一溜儿的小孩子，没有被子怎么行？女人叹了口气，下了决心把收藏已久的幔子拿出来做被面。最大的那个孩子大概要去外地上学吧，做床新被子给孩子带上。那一幅翠绿的幔轴一直是女人的最爱，她常常欣喜地说，葱心儿绿的，多好看！此时拗不过老丫头的哀求，就剪剪裁裁，为老丫头做一条绿裙子吧，丫角上再扎两根同色系的绿绫子，简直就像一只绿色的蝴蝶，点缀了乡村，也点缀了姊妹们的童年岁月。

幔杆孤零零地吊在梁上，它将永远跟随着这个家庭。好在它还有很多用途，比如搭毛巾、晾衣服，女人纺麻绳时也曾把整把的线麻挂在幔杆上。

渐渐地,人们遗忘了幔杆的最初功能。

这时候,儿子长大了,请了媒人,过了彩礼,择了日子,一个新的家庭即将建立。年青人又去选了一株修长的年青的松树,砍回来,细心地削去树杈,刨光磨平,仍然是九尺九寸的长度,刷了红油,两头露出白茬儿。羞答答的新娘也早已选好了红艳的被面,翠绿的幔轴,新的幔子将在鞭炮声里高高挂起,爱情以及新的生活,将再次精彩上演。

纸里层层包裹的故乡

在我的老家，纸的身份，一度尊贵无比。

光滑的白纸是纸中高贵的女王，平民百姓只可以仰望，望而却步。二十世纪七十年代末，生活中离不开的是粗糙泛黄的草纸，我们称之为"包装纸"。

通常，包装纸被裁成各种规格的见方，搁在卫生所破旧的八仙桌上，或是供销社高高的柜台上。

卫生所用来包西药的纸边长不到十厘米。买药的人摸出几个钢镚儿，三分钱的止疼片，五分钱的土霉素——黑黢黢的土房子里，大夫慢条斯理地扭开药瓶，轻轻一抖、再一抖，药片滚落在小小的方纸上。有别出心裁者想来个优美的旋转造型，结果就滚出了纸外，大夫眯着眼睛，鼻子几乎贴上药片仔细搜寻，寻得卡在桌缝里的药片，便用长指甲把它赶回纸上来。

大夫伸出食指，在药片中拨弄一番：一五一十地查数。数字确切，大夫熟练地折起纸的一角，再折起相邻的一角，折出一个尖锐的三角形，把另外两个角继续折拢来，最后一个角向某个缝隙一掖，药片就拥有了完美的包装。买药的人，小心地把纸包攥在手心里，忐忑着离去。

中药的身份要高出一截。包中药的纸足有一尺见方，大夫右手提着戥子上的细麻绳，左手往圆盘里抓草药：当归二钱，白芍二钱……各种草药经过称量后小山一样堆在纸上，大夫一边陈说饮用此药的诸多禁忌，一边伸手把草药搅动一番，分抓到三张纸上。

什么药都少不了大夫的手抓，因此乡下人总是说：去抓一服药——药"抓"好了，大夫把包装纸沿着成堆草药的方向向上拢起，折好四个角，一个方方正正的纸包就初具形态了。三个草药包，用纸绳捆扎成一串，看病的人提着，一摇三晃地出门，见了熟人，把这串纸包举到人眼前，一抖，掩饰不住炫耀的口气，说，抓药去了——这种人不是病入膏肓者，他们都是当时的土豪。平常百姓，吃两粒药片都觉得奢侈。

卫生所的包装纸基本没有什么变化，抚平了，还可以留作他用，因此总是被细心的母亲收起来。小孩子们最喜欢的是供销社的包装纸,倘若有住在城里的有钱亲戚,他们一来,便会去供销社称上半斤饼干,一斤炉果。饼干是给小孩子的,炉果送给老人。供销社的售货员面沉似水,把干葫芦瓢分别伸到饼干堆炉果堆中。干硬的饼干哗哗作响,舀上一小瓢,倒在脏兮兮的秤盘子上,称好了,"豁"地一下倒在纸上,难免会遇见有野心的饼干想要逃跑,售货员也不客气,一把就给它抓回来,放到这个光荣的集体之中。售货员一边喷着唾沫星子大声说话,一边快速地把纸包好,用纸绳捆了。城里的亲戚左手一包饼干,右手一包炉果,哼着小曲去做贵客。

大毛二毛三毛四毛……半斤饼干转眼间已是风卷残云,连细小的渣都被舔得干干净净,只剩下一张油汪汪的包装纸,猫也来闻,狗也来嗅。小孩子把猫狗赶走,把那张纸捧到自己的胸前,闭上眼,深呼吸——怎么可以让一张包装纸在那里独自寂寞地香甜?

至于炉果,要挂在老人炕头墙上的杏苕筐里,偶尔摸出几个来,哄小孩子,自己病到连饭也吃不下时还可以泡成糊糊。

所有点心中,无疑,槽子糕是头牌。槽子糕有花瓣一样的外形,有极为张扬的甜香。每年春节,槽子糕都会被人们送来送去。起初,那一层包装纸被油浸得几乎透明,用纸绳提了,走在咯吱咯吱的雪地上,后面必跟着本村所有爱热闹的狗,和馋嘴孩子饕餮的目光。

东家接了槽子糕，舍不得吃，送去西家，西家再继续送下去。槽子糕肩负着整个乡村的人情，在正月里流浪，直到纸上的油干了、淡了，纸包又轻又硬，才会被一双惜物如金的手哆嗦着打开，此时那糕必定已长出绿毛，一家人怀着满腹的遗憾，细心地洗刷一下，掰着小块分着吃了。

曾经油光满面的包装纸，也像风烛残年的老人，瑟缩着在光阴里窸窸窣窣。

月饼也是用纸裹了被母亲带回家的，那是个圆柱形的纸包。中秋节那天，每个人分得一块或是半块月饼之后，包装纸便承载了节日里的美好回忆，它静静地沉睡在箱子里，不时散发醉人的浓香。

供销社里，整张的包装纸也是俏货。清明节、中元节、春节或是平时谁家死了人，包装纸立刻变得庄重、严肃，被人抱回家来，用"纸凿子"印上方孔钱的形状，在坟前或是灵前焚了，就变成了冥币。

由此看来，这种纸不但是人间爱物，连阴间的鬼也极为喜欢。

也许是人终究抢不过鬼的缘故吧，不知何时包装纸已走出了人们的生活，如今它们成了冥币的专用，被预先打上钱的印迹，在荒冢，在野外，尽情燃烧之后，只剩下残灰，在无人的旷野打着旋四处飞。

曾经层层包裹着的故乡，也早已在风中散佚了模样。

锄

磨得锃亮的小三角形铁板，连接一个曲线玲珑的颈部，再配上细圆纤长的木把，这就是锄。

仲夏，三五把锄高挂在房檐下的横木上。锄板乌黑、巨大，锄把雪白的是新锄；锄板锃亮、细瘦，锄把油亮泛黄的是老锄。从春到夏，它们一直被农人掮在肩上，或是握在手中，它们既是卫士，也是杀手，一直游走在日渐蓬勃的田垄上。把锄向前一递，再向后一拽，田垄被掀起薄薄的一层，疯长的野草瞬间便失去了依托，与土地剥离开去。野草被铲除，田里的土也被松过，爱撒娇的庄稼们像是被搔到了痒痒穴，一个个笑逐颜开，很带劲地向上长，向上长。

铲头遍地时，庄稼们还是可爱的小宝宝，很享受农人像伺候小孩子一样的精心侍弄；铲二遍地时，庄稼们已长成了风华正茂的少年，英姿飒爽的，努力聚集起生命的能量。那些对庄稼呵护有加的农人有时会把他们的土地铲上三遍。大半年的时间，他们"晨兴理荒秽，带月荷锄归"。一杆纤细的锄把农人和庄稼紧紧地联系起来，农人的日子就像庄稼一样，在季节里欣欣向荣，单纯而又快乐。

直到庄稼扬花授粉时，农人才把锄高挂在檐下，这是农闲季节，乡下人把这段时间叫作"挂锄"，锄完成了它的使命，全身而退，赋闲的农人背剪着双手，默默地站在地头上望，此时庄稼们全都有了隐私：有的正在热恋，有的害了相思，能帮助它们的只有蜂蝶虫蚁，只有多情的风儿，它们要在宁静和安谧中幸福地相爱，然后从容受孕。

曾经，锄是少年的我们手中最为痛恨却又不得不整日握紧的农具，我还记得铲二遍地时玉米长得一人多高，掣着锄，穿行在玉米的方阵中，玉米叶拉伤了赤裸的手臂、脖颈，汗水洇湿了头发、衣服，闷热、痛楚，劳动的艰辛让我几乎落泪。而且，每天一大早就要去除草，露珠打湿了衣裳，我总是会长出满身的荨麻疹，奇痒无比。那时觉得锄就是刑具，让岁月变得暗无天日，那一种疲惫与痛苦，让少年的心遍布茧花，受尽磨砺。

像许多孩子一样，就是为了彻底摆脱锄，我才拼命读书，决心跳出农门。

"田园几换主,梦归犹荷锄。"如今,房檐下再没有谁会挂上横杆,农具都住在气派的仓房里,偶尔也会看到一把老旧的锄孤零零地丢在落满蛛网的一隅,锄板锈迹斑斑,锄把灰暗枯朽,已被虫子蛀蚀——转眼间,锄便退出了历史舞台,就算田里长了草,也全然没有锄什么事了,农人看中的是五花八门的农药、除草剂,这是个属于科学技术的时代,那个需要农人身体力行、手工操作的家伙已无法跟上时代的步伐,注定要被淘汰。

扣了薄膜的田不需要锄。塑料的参与,既可以改变土地的墒情,又可以把不知好歹的小草晒死、憋死,庄稼们大可以无忧生长,倘若根系呼吸困难,无法吸收足够的养料——那也不必努力向下长,色彩斑斓、味道刺鼻的肥就在地表,绝对能做到对庄稼进行按需分配。

就算不扣薄膜,撒了种,趁细雨天气土地潮湿,打一种叫作"封闭"的农药,也可以把草们点缀春天荣华一世的梦想彻底封存在冰冷干硬的土里。庄稼们没有了扎下根茎吸收来自土地的极少养分的艰辛,变成了轻浮懒散的富二代、富三代,它们一个个长得肥头大耳,膘肥体壮,却再没有了从前的滋味,倒是满载着农药和除草剂的毒素残留,让以食为天的"民"顾虑重重。

是的,没有了锄,庄稼们一样会战胜野草,连年丰收,粮食储备得大仓满小仓流;没有了锄,少年们仍然会像庄稼一样一茬一茬地长大,走出乡村,走向各地。锄成了落后时代的代言,只有在极偏远的地方,我们的父辈偶尔还会荷一把锄,去自家的小菜园侍弄一畦绿色的蔬菜,那是些不够肥壮不够饱满的植物,是属于农人自己的餐桌的。它们还停留在天地玄黄宇宙洪荒之中,停留在我们遥远的记忆里,一如岁月里锈迹斑斑被人遗忘的锄。

锅叉、门叉、刷帚疙瘩

先讲一个妈妈们哄孩子的故事:

妈妈要去姥姥家借簸子,临走时告诉三个孩子,谁叫门也不要开。

傍晚,狼精变成妈妈的样子来敲门,咣咣咣,谁呀?我是妈妈,快开门。老大锅叉向外看一眼,看到了毛茸茸的狼尾巴,就问,你屁股后面拖着的是什么?狼精说,你姥姥给了我一窝麻,没地方拿,搁屁股后头夹着。锅叉不相信,说,你不是我妈,我不给你开门。

狼精不甘心,接着敲门,咣咣咣,谁呀?我是妈妈,快开门。老二门叉向外看一眼,看到了毛茸茸的狼爪子,就问,你手上怎么还长毛呢?狼精说,你姥姥给了我一副棉手套，我反戴在手上。门叉不相信，说，你不是我妈，我不给你开门。

狼精仍然不甘心，继续敲门，咣咣咣，谁呀？我是妈妈，快开门。最小的刷帚疙瘩听见了，说，你们都不给妈开门，我来给妈开门。

狼精进屋后，天已经黑了，该睡觉了。狼精问，谁挨着妈妈的身边睡？锅叉和门叉都躲得远远的，只有最小的刷帚疙瘩不知道危险，挨着狼精睡下。

半夜，狼精咬死了刷帚疙瘩，并咯吱咯吱地把他吃掉，锅叉和门叉听见了，就问，妈妈你吃的是啥？

狼精说，吃块萝卜根压压咳嗽。

那你分给我们一点吧。

狼精于是把刷帚疙瘩的小手指递给了两个孩子。

两个孩子全明白了。

他们说，妈妈，我们要撒尿。

去灶坑前吧？

不行，那里有灶神。

去磨道吧？

不行，那里有磨神。

那就到外面去吧。狼精不耐烦了。

两个孩子一听，急忙出门，临行前在灶坑里埋了两个鸡蛋。

院子里有一口井,井旁有一棵大树,两个孩子爬到了树上。

狼精左等右等,不见两个孩子回来,便出门去寻找。

狼精喊:

"锅叉——"

"门叉——"

"哎——"

两个孩子应声回答。我们在树上呢,树上的果子可甜了。

摘些给我吃吧?狼精馋得直吧嗒嘴。

你自己上来摘吧,我们可不管你。

狼精急了,说我不会爬树啊?

锅叉说,你回去找根绳子,再找个筐,我们把你拽上来。

狼精吃果子心切,急忙找来绳子和筐。狼精坐在筐里,两个孩子用绳子往上拉,拉到半空,忽然,孩子们松了手,狼精"扑通"一声掉到井里去了。

费了好大的劲儿,狼精才从井里爬出来,冻得浑身直打哆嗦,两个孩子说,你太重了,我们没拉动——快回屋烤烤火吧,我们一会儿摘了果子拿回去给你吃。

狼精冷得不行,急忙进屋蹲在灶坑前,准备扒出一点火来烤一烤,没想到两个鸡蛋一下子炸裂了,炽热的蛋液把狼精的眼睛崩瞎了，狼精疼得不得了，这时锅叉和门叉扶住它说，快进屋里躺一躺吧。

狼精什么也看不到，被两个孩子扶着进了屋，身子重重地向炕上躺去——锅叉和门叉早已在那里放了一块钉满钉子和钢针的木板，狼精倒下去，立刻被扎死了。

这个故事是年少时母亲反复讲过的，在没有电的漆黑的夜晚，不远处的狼嗥像夜啼的婴儿那样闹人，母亲安排我们躺下，故事让夜晚变得益发神秘。

故事中的人物其实就是母亲厨房里最常用的工具的名称——门叉是一根直径为二厘米到三厘米的树枝，一头光溜溜的，一头有一个小小的人字形，它的作用是抵住房门使之呈现开放状态。整个夏天，门叉都坚守在自己的岗位上，鸡鸭猪狗常常越过它大摇大摆地走进厨房，长脖的大鹅甚至够得着锅台上放着的吃食。门叉可不管这些，它的任务就是宽容、开放，放进来鸡鸭鹅狗，也放出了屋里的闷热，特别是烧柴时的浓烟。

有时，门叉也可以客串一下掏灰耙，负责掏出灶坑里的柴草灰。

锅叉的作用早已被大大小小的不锈钢锅帘代替，它其实是"入"字形的，是分为两个杈的树枝的一部分，放在锅上起支撑作用，上面铺上秫秸的帘子，可以馏黏火烧、大煎饼等等。也可以用小盆盛了饭菜直接放到锅叉上馏。用作锅叉的大多是梨木，用得久了，还会泛出一种饱吸了岁月精华的绛红。

刷帚疙瘩是由刷帚草扎成的，农人们的田间地头，总要种几垄刷帚草，它长得比高粱还高，只是细弱得很。它们的种子，人们很少食用，常用来喂猪，但是它们的穗却很坚韧耐用，用来刷锅，可以刷掉油腻、糊在锅上的"嘎巴"，连剩下的一点水都会被掸干净，农人们的厨房还真离不开它。

每年秋天收获之后，人们就把它们挂在檐前晾晒，等到农闲时，取下来，铁锹把朝里放到炕上，人骑在倒扣的锹头上，把刷帚草按在锹面上，用力一拽，种子纷纷坠地，剩下来的草就成了扎刷帚的原料。

刷帚草的穗下有一截很长的没有结节的茎，农妇们宝贝一样把它放好，叫它"天杆"。倘有空闲，就可以用麻绳把它们穿成软的、硬的帘子来了，农家的厨房多的是这种草木制成的餐具。

就连刷鞋的刷子，都是由玉米骨代替，当然，也有一种精细却坚硬的草，晾干后可以用来扎刷子的。

可惜，如今那些植物渐渐失了踪迹，厨房里，除了塑料制品，就是好看的瓷器、锃亮的不锈钢。

植物，连同母亲讲的看似无意义却极为温暖的故事，不知从何时起，一同撤出了我们从容淡定的生活。

藏在葫芦里的缤纷往事

长白山南麓,在大山深处,膏腴肥沃的黑土地里种植的不仅是庄稼,还有许多日常必需品——比如,可以用来扎成刷帚的刷帚草,用来扎成笤帚的笤帚草,还有用来储物或是用来舀水的葫芦。

葫芦姿态万状。春天,萌萌的苍绿叶掌慢条斯理地一片一片打开,不久,肥腻的小白花也猫儿一样溜达出来了。葫芦是个好奇心极重的家伙,它们攀墙上树,东瞅西瞧,有的越过高高的粪堆爬上坑坑洼洼的村路,有的攀上葡萄架侵占了别人的家园,有的干脆踅过邻家的墙,到别家的园子里安营扎寨。

葫芦之所以行踪诡异,是因为它上有仙根——天上的神仙最爱把葫芦当法宝,《西游记》中,住在三十三重天上兜率宫里的太上老君用来装仙丹和收纳三昧真火的,叫作紫金红葫芦;《封神榜》里,崇黑虎有宝物红葫芦,申公豹的宝贝是红沙葫芦,连姜子牙用来斩杀妲己的斩仙飞刀也是装在一个葫芦里的。此外,铁拐李腰间挂着个五福葫芦,济公也有个大葫芦……

村里人口口相传——孟姜女的故事,也跟葫芦有关。

当年,老孟头种了一棵葫芦,这葫芦扭扭捏捏一路攀升,偷偷越过矮墙,进了隔壁老姜头的院子。

在老姜头的院子里,葫芦羞答答地开花,理直气壮地结果。

秋天,老姜头准备收了这藤上长相俊美的大葫芦。

老孟头不干了。

两个人顺着藤一捋,明白了,这葫芦的根还在孟家呢。

干脆,把葫芦开作瓢,一人一半。

两人于是拉起了锯子,锯了半天,葫芦一切开,一个浑身雪白的女孩蹦了出来。

这下,两个人又是互不相让,齐心来抢这可爱的葫芦女孩。

当然,最后这女孩也是两家共有,她的名字就叫孟姜女。

我很喜欢这个葫芦生人的传说,并且笃信不疑。

生殖是乡村永远回避的话题，我们小时候，"生"被避称为"拣"——女人诞下孩子，来查问孩子性别的老人家就会问："拣个什么？"

回答或是喜笑颜开："拣个小子。"或是眉一耷拉嘴一撇："丫头片子。"

童年时代，我最大的遗憾就是自己也是父母"拣"的，而不是从葫芦里切出来的。

我反复询问，奶奶就大声说，你爹早上起来去刨粪堆，一刨，就刨出个小孩，拿土篮子挑回来。

问别的孩子，回答也是这般。想想自己的来历如此不堪，对房前屋后的葫芦也就又爱又恨。

葫芦不言，只一味地往上攀爬，把硕大的葫芦结在架子上。秋天，葫芦成熟，爹把葫芦摘下来，用指甲弹，用手拍，还要拿到耳边听，我一直以为爹听得懂葫芦的悄悄话。爹折腾一番，把大个的葫芦放到猪食锅里，锅里正煮着瘪糊，那是被粉碎的豆荚，是猪的爱物。

葫芦被深埋在瘪糊之中，直至沸腾，咕嘟咕嘟地冒泡，然后，爹把脏兮兮的葫芦拿出来，洗干净了，放在窗台上慢慢地晒。

冬天来临之前，爹用锯把煮透的葫芦切成两半，抠出里面的葫芦子、葫芦瓢，再阴干几天，就可以用作水瓢了。这种水瓢用上三年五载，直到变成紫檀色也不会坏。

那些不成材的小葫芦也被切开，有的用来舀糠，有的用来舀米，有的要放在村口的井边，过路的人口渴，把瓢伸到井里，舀一瓢水，咕咚咕咚喝个饱，然后抹了嘴巴，回望井边的小瓢，心满意足地离开。

还有的只把葫芦最细处的"把"切掉，小心抠出里面的子和瓤，用来装酒或当成储物箱，这种葫芦只可以伸进一只手，把家里的小零碎放到里面，真是再合适不过。

葫芦子像极了南瓜子，馋嘴的孩子忍不住拿来吃。孩子的手伸出去，长辈的巴掌已经拍上身："吃葫芦子长龅牙！"大声的呵斥跟着巴掌一起拍下来，小孩子一缩脖，赶紧溜掉。

"小瓢小瓢，掉地下找不着。"这是我们小时候的谜语，孩子们跳着脚地唱啊笑啊，谜语也是童谣。

葫芦成了观赏植物，是长大之后的事。那时候，我终于明白自己不是拣来的，那些臃肿的大葫芦尽管硕大，却仍然无法孕育一个欢蹦乱跳的孩子。

我常常默默地站在葫芦架下，春天，葫芦苗苍白而又孱弱，我用红的绿的塑料瓢给它们浇水。也许是鹊巢鸠占了吧，下了岗的葫芦有些羞赧，它们懒洋洋不情愿地疯长，老老实实在自家的架子上缠绕。白花开过，细小的葫芦挂得满架都是——老品种已经销声匿迹了，如今的葫芦都是装饰品，村里人叫作"丫丫葫芦"，它们好看，长不大，可以撒着娇吊在架子上，把日影筛得细碎斑驳。

厨房里再也不需要水瓢了，这是塑料的时代，是铁器时代，植物们吃的是农药，喝的是化肥，除了填补肥硕的肚子，已再无他用。

我猜想，即使现在仍然需要葫芦瓢，也没有哪一个葫芦，可以长得像从前那样结实，那样缜密。

此时，把纤巧的"丫丫葫芦"托在手上，神思惝恍中，确认自己不曾来自一株植物，没有长成一棵植物，仍然有些许遗憾。

布曾是民间的一味药

大概是每逢惊蛰吧,春草发芽,小虫子们从寒冷中醒来,疾病和细菌们也便猖獗起来,老天爷开始动用他优胜劣汰的法则了。身体差的,有宿病的人此时往往被揪了病根,犯了老病;残喘了一冬的老人又过了一场苦寒,可是却经不起一场倒春寒,春草发芽就是老人的一道"坎儿"。

小孩子衣服的肩膀上被细心的母亲缝上了小小的红布条,据说这样可以预防"出疹子"。在乡下,麻疹是孩子们最易感染的急性传染病,由于当初乡下除了赤脚医生之外根本没有医生和医疗设施,所以天花和麻疹这类疾病足以要了那些体格孱弱的孩子的命。现在想来,红布条就是一面旗帜,母亲把它缝在孩子的肩膀上,就是在向老天爷宣战：我的孩子足够强壮，一定能通过自身战胜疾病，勇敢地挺过这场流行病。

事实上，孩子们真的是靠自身的免疫系统在与疾病抗争，大多数孩子取得了胜利，更加坚强而又健壮地活下去，太过孱弱的，则被淘汰出局。

红布条除了被缝在孩子的衣服上之外，每年春天，李子树和沙果树也要绑上红布条，葡萄藤也要系上两根。鲜艳的红布条让树们精神飒爽，抽枝发芽开花结果。等到了秋天，一世的繁华落尽，红布条也便苍白黯淡了，失去了生命的颜色。

说来也怪，倘若哪一株树被红布条遗忘了，它往往会病恹恹的，有时是大部分树杈，有时是整株树，就那样留在了冬天的梦里不肯醒来，直到慢慢死掉。

红绳和红线都是稀罕物，不是谁家都有的。红绳大多是指红毛线绳，是姑娘们用来扎辫子的。麻花辫的辫梢要是能扎上一根长长的红头绳，在当初是很时尚的。红线的医疗作用就更大了，倘若手指生了疔疮，一定要在指根系上一根红线，以此阻挡病毒向全身转移。再就是被蛇或是蜘蛛之类的毒物咬伤，也一定要在适当的位置绑上红线。有了红线的把守，毒气就会退避三舍。那时，红线的作用真的很灵验，人们对此深信不疑。其实，人们就是用那份单纯的信心征服了许多疾病，打败了各种细菌。

白布和黑布则是民间的另一味药。

还记得母亲珍藏已久的一个用来治疗头痛的秘方，秘方由七味药组成，母亲很郑重地说，其中的一味药便是黑布——当初的布当然都是纯棉的了，把另外六味药捣碎拌匀，分摊在三块直径为1.5厘米的圆形黑布上，晚上睡觉前把它们贴在脑门和太阳穴上，固定好，早晨起来时除下，就可以保证三五年内不再头痛。只是，这味被母亲称为"扣药"的药方很是霸道，用过之后额头上往往会起一些小水泡，所以这药是不轻易给小孩子用的，只有症状严重的大人用过一夜之后，那三块黑布再被母亲濡湿，然后才会给年轻人用。即使这样，也会收到较好的效果。

小孩子出牙时，牙床上有时会起水泡，老人说那叫"马牙子"，用黑布蘸了白糖在孩子的牙床上轻轻按摩，就可治好这种病。

白布则是治疗带状疱疹——我们称之为"蛇蛋疮"的一味良药。

带状疱疹又叫缠腰龙，一种很痛苦很可怕的病。它往往生在柔软细嫩的皮肤上，比如腰腹部、脖子上等。忽然之间就冒出一串水泡来，晶莹、透明，却又不会撑破皮肤。患者只感到火烧火燎地胀痛，敷不得又碰不得，疼得心烦意乱。水泡们却不管这些，一路蔓延下去，蜿蜒辗转地沿着腰腹或是脖颈一路走去。最可怕的就是它们绕了一圈之后首尾相接，倘若水泡们胜利会师，这人也便如被蛇缠住了一样，患处越收越紧，那可真是苦不堪言。

因为是在皮肤表面，打针吃药都很难奏效，好在母亲对此仍有绝招：选一块干净的白布，拿出她保存已久的几枚铜制的子弹壳，又从灶下扒出一盆炭火来。把子弹壳烤热，把白布敷在水泡上，让炽热的子弹壳在白布上滚动，一边滚动，一边念着咒语：

"蛇蛋蛇蛋，遇铜就散；蛇子蛇子，遇铜就死。"

这一招还真灵验，重复了三五次后，多严重的疱疹也都销声匿迹了。

黄色的布就越发神秘了，那可不是寻常百姓用得起的药，那是"高人"用来写"符咒"的。当然，有的"高人"也会用红布。布的尺寸因人而异，大多需要一个神秘而又说道的数字。"高人"说出患者的可怕病因，比如冤孽债、鬼缠身之类，然后用香灰或是燃着的香在布上"奋笔疾书"，写下谁也不认识的文字，然后烧成灰，让患者用水冲服，这种方法民间叫作"画符"。如今已没有人相信这种方法可以治好病了。

在记忆深处，在遥远的民间，在缺医少药的贫瘠时代，一根红绳、一块红布条往往都会成为最灵验的药，它们最大的功效，就是可以治愈淳朴的劳动人民的简单心病。

玻璃锤的传说

在我们长白山下,女人们都会用玻璃锤纺线。

午后的阳光透过低矮破旧的厢房上那扇衰朽的窗子,热辣辣地照进来,炕上的席益发光亮刺眼,屋子里热得像个蒸笼……

母亲对着窗子坐在炕沿上,挂在幔杆上的好大一绺线麻已经被不断抽拽得单薄起来,像老山羊的胡子,有些飘摇了。母亲用力一抖,拽下一根麻批来,用指甲劈细、撕开,续到绳股中,右手扶住线麻向头上一甩,雪白的麻批便顶在母亲的头上,并且越过母亲的头发一直飘到后背上来。有时,母亲也会把麻批甩在肩头,然后微弓了身子,左手捏住一个锤状的东西只一摆,那东西就像风车一样飞转起

来,母亲的右手沿着飞转的麻批向上徐行,左手则轻捋一遍上了劲儿的麻批,如今它已经变成了半根细麻绳。

这是暑期,是农闲期间,庄稼们正努力地成长,父亲哼着俚曲在庄稼地里巡视,心里满是丰收在望的喜悦。这个时间正是该抓紧做家务的时候,整个下午,母亲都在重复着纺麻绳这项工作,一副很专心的样子。小孩子们可不管这项工作是否重要,小眼睛里只盯着那个飞转的家伙,那可是个神奇的东西。

母亲说,它叫玻璃锤。

严格地说,它应该叫拨拉锤,言外之意是它用手一拨拉就会飞转,但是老一辈口口相传,大家还是愿意叫它玻璃锤。

用来纺细麻绳或是纺毛线的玻璃锤大多是由兽骨做成的,羊或是狍子的股骨稍扁,中间细,两头有粗大的骨节,做玻璃锤真是再好不过了。找出这根骨头的中心点,用烧红的铁钉钻一个粗细相应的孔,插入一根粗壮的铜线,铜线的一头跟骨头嵌得严丝合缝,另一头五六厘米处弯成一个倒钩,这个骨头的玻璃锤就做成了。

每一家的小笸箩里都会躺着三五个这种骨头做成的玻璃锤,由于常年使用,无论是铜制的金黄的倒钩,还是被岁月浸润的泛黄或是泛红的骨头,都被磨得溜光锃亮,就连最细小零乱的羊毛也不会被刮住。

玻璃锤上往往都缠着细麻绳或是细羊毛线的半成品，和善于纺线的南方人相比，玻璃锤是一个制作简单但工作起来极有难度的纺线工具。纺好的线和后续的线以铜钩为分界点，母亲总是右手提着等待纺的麻，用左手转动玻璃锤，玻璃锤悬在半空中飞转，等到它转速减慢直至停下来，这一段也就纺好了，要赶快把这一段缠到锤上，然后再重复着续料、转锤、捻线……好奇的孩子们把这项活计当成了游戏，可是麻批到了他们手中，绳批就会被纺得粗一下、细一下，有的干脆会断掉。悬空的玻璃锤一下子掉下去，砸了自己的脚。即使勉强纺出绳批来，也必然是上劲儿不均匀，有的地方紧，有的地方松，实在难以合成一根合格的细麻绳。

居家过日子，谁家离得了细麻绳啊？

最重要的就是一家老小的鞋底子，哪一双都需要一大团麻绳才能纳出来，还有大大小小的锅盖、摆饺子的帘子，这些，都要用麻绳把秫秸穿起来做成，就连我们常用的簸箕和笸箩，也是需要用麻绳把柳条编织成各种形状。

骨头的玻璃锤毕竟太小，重量也轻，用手转过之后很快就会停下来，加上本身体积小，锤上也缠不了多少绳批，因此有人去求木匠帮忙，木匠用直径5厘米、长20厘米左右的圆木由外到内旋出中间细两头粗的锤身，再找好中心点钉上锤钩，这样，又光滑又好看、用起来得心应手的木制玻璃锤诞生了。

这种玻璃锤转速均匀、长久,巧手媳妇用它纺出的麻线均匀细致,既提高了质量,又增加了速度,最重要的是锤体上可以缠更多的绳批。

等到两个玻璃锤上都缠得满满的,麻线几乎从锤子的两头脱落下来,就可以把两股绳批放在一起,合成一股细麻绳了。由于绳批上劲儿足,两股绳往一起一合,就会自然地纠缠起来。好在锤子上有铜钩,可以控制合成麻绳的长度,倘若随意放出绳批来,它们非纠缠得乱七八糟不可。

合成的麻绳粗细和现在的细绒线差不多,这么精致的细绳,很难想象,它就是由玻璃锤纺出来的。

毛线是一定要用骨制的玻璃锤纺的,因为羊毛很容易断掉,不像麻那样细长又有韧性。骨制的玻璃锤轻盈细巧,加上母亲一双巧手轻捻慢抻,纺出的线粗细均匀。那个年代,想拥有一件毛衣可实在是一种奢望,那些羊毛大都是上山打柴或是捡蘑菇时从灌木上摘下来的,当然了,羊毛不是长在树枝上的,是因为羊们在此猎食过,处于褪毛时期的羊们往往会留下大团的羊毛。

刚刚捡到的羊毛很脏,要拿到河里洗净,晾干,这样全家总动员到山上去捡羊毛,攒了三五年后,母亲的布口袋被羊毛撑得满满的,像一大朵云彩,此时羊毛蓬松、干净,母亲一如既往地坐在炕沿上,羊毛太短,无法搭在头上,只在母亲的右手上开出一朵苇花来,玻璃锤要轻轻摆动,不用转得那么快、那么久,等母亲把羊毛纺成毛线,又过了一年的光景。

纺出的毛线是本色的,是一种透明的白,看一看纺出的线,勉强可以为父亲织一件毛背心,经过母亲的巧手,再过一段时间,父亲的"空壳"棉袄里便有了一件暖心暖背的毛背心。

二十多年前,在外地求学的我偶然回家,忽然发现好多制作粗糙、有一尺多长个头的玻璃锤,惊讶地拿起来看时,却并没有锤钩,十多个这样的玻璃锤随意地堆在父亲的脚下,父亲正把大捆崭新锃亮的细铁丝缠在锤子上,原来这些锤子是给参场打帘子用的,每块帘子要用三个锤子,也有的用五个,打出的帘子有疏有密,是为人参遮阳用的。参场在我的家乡蓬蓬勃勃地发展起来,需要的蒿帘草帘特别多,每到寒假我们都会迎着北风在院子里打帘子,常常冻得不断跺脚,连嘴巴都僵硬了,回到屋里暖一下,继续干活,参帘子可以卖出我们的学杂费来。

忽然怀念起那些骨制的以及木匠做的玻璃锤来,到处找时,却哪里都找不到,才想起我们已经被胶鞋、塑料绳、各种规格的铁丝占领,麻绳已经退出了历史的舞台,而大机器纺出的毛线更是色彩缤纷,粗的细的都有,玻璃锤完成了自己的使命,退隐江湖。

近年来,连那些硕大的用来打帘子的锤也成了灶下的灰土,城里的商店出售塑料制成的黑色的遮阳网,大量的有毒的黑色塑料制品被搬到了山上。难怪我们的地球不堪重负,要产生各种灾害了。

可惜当时年幼无知,没有保存一枚骨制的玻璃锤来。也好,就让这个精灵在温暖从容的历史河床上幸福地安眠吧。

辑 四

村庄就是我们的幼儿园

米枕给予的美丽人生

在东北,人生的两个重要时刻一定要用米枕:一是初生,一是大婚。

东北是满族人的发祥地,《满洲源流考》说:"国朝旧俗,儿生数日,置卧具,令仰寝其中,久而脑骨自平,头形似扁。"这里所说的,便是流传已久的"睡扁头"习俗,人们称之为"睡头"。

"睡头"的工具,就是用红布缝一个直径十厘米左右的小枕头。在民间,红色有趋吉避凶、挡灾化煞的功能。枕头里装什么米也是一件值得斟酌的事,最初,有装小米、高粱的,有装黄豆、赤小豆的,还有装入玉米糠或是沙子的,后来人们发现,黄豆、赤小豆和高粱的颗粒比较大,怕把孩子的头硌出坑来，因此弃之不用；装玉米糠的枕头则太过松软，婴儿容易滑落，也遭到淘汰，用沙子装枕头本来就极为少见，当然少有人用。经验告诉我们，婴儿的米枕最好用小米，就是粟。小米性温，不凉不燥，有益于头部的生长发育。民间认为，用小米来"睡头"，孩子会头脑聪明，性情温和。

我小的时候，乡村中与米枕配套的还有"米褥"，也是用红布，缝大约一米长半米宽的口袋，里面装入适量的小米，平铺在炕上时，小米的厚度在一两厘米左右，老年人管它叫"炕口袋"。

婴儿诞生之后，把米褥铺好，米枕放好，老人家说这叫黄金铺地，睡在粮仓上，预示着孩子将来要大富大贵，再把一本书放到枕下，说这样孩子长大就会聪明好学爱读书。把一切铺展得平平整整的，用襁褓把婴儿包好，再用一个宽五厘米左右、由两层布做成的宽带子在婴儿的臂膀处适度捆绑好，婴儿就可以老老实实地"睡头"了。这个宽布带乡下人叫它"带卡子"，长三十厘米，两端分别缝有细带。

"睡头"的时间一般为一个月左右。有一定的硬度、透气、不温不燥的米褥使得婴儿不会因为炕的温度过热而上火，对婴儿的睡眠环境有很好的调节作用；婴儿睡在米褥上，背部逐渐变得扁平宽阔，双腿长直，有利于成年后长出好身材。米枕则不但成就了婴儿扁平美观的后脑勺,还使得孩子的太阳穴和印堂变得丰满凸出,正合命理中所谓"天庭饱满,地阁方圆"的"官相""福相"之说。

负责"睡头"的除了母亲以外,还有祖母。老奶奶看着睡得方面大脸的胖孙子,常常眉开眼笑地说:"睡好了后脑勺,成全了前门脸儿"——正是由于米枕、米褥在潜移默化中对人体做了最初的整形,东北才多的是身材曼妙头型美好的帅哥靓女。

近年,有人把"睡头"斥为陈规陋习,说是"睡头"把人给"睡"傻了,"睡"得一个个全都低智商,这是没有科学根据的,一个人聪明与否,作为一种遗传素质并不与人头脑的大小、重量的多少有直接关系,更不会与颅骨形状的改变产生任何联系,相反,米枕米褥对温度以及环境都有极好的调节作用,有利于婴儿健康成长——时至今日,在乡下的火炕上,米枕米褥仍然是婴儿最好的寝具。

一两个月之后,婴儿长高长大,米枕米褥变成了"小东西",它们完成了自己的使命,退出婴儿的人生舞台,婴儿又有了新的温软的普通寝具,与米无关。

再一次享用米枕,是在大婚时。

这一次用的是雪白的大米。把大米晾干,叫上乡下摇着椭圆形火炉的师傅来加工爆米花。师傅加了柴,点燃,把大米放到炉子里,关好炉门,摇啊摇,忽然"砰"的一声,雪白的大米花飞出来，馋嘴的孩子抢一把趁热放到嘴里，烫得跳着脚咝咝吸气，却抵挡不住爆米花芳香四溢的诱惑。霜鬓的母亲急忙把一簸箕爆米花端走。屋里，枕芯已经缝好，也是红布，不同的是，这回枕芯好大，一簸箕爆米花还没有装满，也难怪，这可是长长的双人枕呢。师傅仍然在慢条斯理地摇炉，孩子们仍然充满好奇地围观，母亲跑上跑下，笑得满脸菊花开——多年的媳妇熬成婆，娶儿媳是一件多么开心的大事啊！生命有了新的传承，一对红枕就是一对相爱的心，而雪白的爆米花，正是白头偕老的象征。

五年、十年、二十年……结婚后，外面的枕套换了又换，枕芯中的爆米花却一如从前——枕上去，仍然有窸窣的轻响，有淡淡的米的芳香，日子就这样温暖地在烟火红尘中，在米枕上无限赓续，循环往复……

姥姥"下奶"那些事儿

添丁进口、开枝散叶是一个家族最为荣耀的事。在我们乡下,生了孩子,最先要报告的,就是孩子的姥姥。

姥姥闻讯后,乐颠颠地去扯上几尺红布,一部分给小外孙做褥子,一部分要给小外孙做"毛身儿","毛身儿"是婴儿来到人世间所穿的第一件衣裳,衣襟、底边、袖口都保持布的毛边,做成"和尚服"的样子。"毛身儿"要做得长长的,一直盖住婴儿的脚,这样,孩子长大后,才能"步步撵上趟"——才会赶得上人生所有的好运气。

孩子生下后第三天,一家人吃喜面,请产婆给孩子"洗三"。这一天最重要的亲眷——姥姥家的人都来"下奶",都要给婴儿送礼物:"姑姑的裤子姨娘的袄,舅舅的帽子戴到

老。"这些礼物,也全都含有祈福纳祥的寓义。

姥姥送的礼物,除了褯子、"毛身儿"之外,还要送外孙一个小摇车,再就是带上鸡蛋白糖大公鸡,给女儿"下奶"。

通常,伺候月子的都是婆婆,因此姥姥不能住在小外孙身边,吃过喜面便回家。

民间的习俗是:三日下奶,五日挡风——孩子生下第五天,姥姥又来了,这回她带来的是一壶酒,一床用"百家布"拼接做成的小被子,还有一块"挡头风"。"挡头风"是用一尺宽、三尺长的红布缝制的。姥姥悄声进屋,一路闭口不言,大家也都噤声不语。姥姥停在小外孙睡着的炕沿前边,蹲下身来,把一壶酒做扇形洒下,然后站起身,把"百家布"的小被子盖在小外孙的身上,再把"挡头风"围在小外孙的头部,围成一个半圆形的"挡风墙"。

洒了酒,保佑孩子不得病,盖"百家布"做的被子,孩子好养活,"挡头风"则可以阻挡各种风病,同时防止孩子受到惊吓。

精心地伺候一个月后,孩子满月了,婆家摆过满月酒,小媳妇就会抱了孩子回娘家"躲尿窝子",少则一个月,多则半年,据说,躲过了"尿窝子",孩子就不会出疹子。

临行前,奶奶在孩子的印堂处用墨汁抹个黑道道,这叫"打黑狗",归来时,姥姥要在外孙的额头抹一条红道道,这叫"打红狗"。民间认为,这样孩子才受到了全面的保护,不会被鬼怪勾走。

孩子到了姥姥家,姨妈或是舅妈抢过来,要让孩子撞撞中柱,说这样孩子才会长得结实。孩子在姥姥家住着,姥姥要给小外孙要百家钱,为孩子买一副银锁,戴上姥姥买的银锁,孩子就会被健康快乐地锁定在亲人身边。

住在娘家的这段时间,小女婿想老婆孩子,三天两头往老丈人家跑,有的干脆也住到丈人家,这段时间姥姥家最热闹,姥姥乐得整天合不拢嘴。只是,有了孩子,日子就多了许多忙乱,一个月的时间很快就到了,小女婿来接媳妇,姥姥得打发小外孙回家。

姥姥发了一大盆面,给外孙子蒸"驹驹","驹驹"就是头大尾小的"面驹子",大的一头用大红枣镶嵌起来做眼睛。把"驹驹"上锅蒸熟,带回婆家,白白胖胖的大"驹驹"象征着小外孙会长得更"发式"(壮实),同时希望孩子长得像龙驹一样虎头虎脑、"龙性"(有魄力,能干)、"有粗细"(有所作为,有出息),"驹驹"很大,但吃"驹驹"时不能用刀切,只能用手掰——不能让刀子断了对"驹驹"的美好祈愿。

姥姥还要给小外孙准备一整桄的白线,给孩子挂"长命线",线上要拴铜钱(后来直接拴人民币),线要挂在孩子的脖子上,像一个巨大的项链。

这期间,小媳妇如果抱着孩子去了别的长辈家,长辈也要挂长命线,线上也要拴上钱。回一趟娘家,小孩子的脖子上有时会挂好几桄线,这些线要被母亲收起,等孩子结婚时做新婚的被褥时用。白线象征白发,钱币象征福禄,挂长命线的习俗,是表示长辈对孩子的祝愿、祈福。

戴着银锁、长命线,带着满满的来自娘家的祝福,小媳妇被丈夫接回家,回家时不能立即进屋,要抱着孩子倒坐在门槛上,让一位儿女双全的白发老太太把挂在孩子脖颈上的长命线从脚上摘下来,一边摘一边唱喜歌:"头上戴,脚下抹,不活九十九,也活八十八。"

长命百岁,荣华富贵,这就是姥姥给的最初的祝福。

村庄就是我们的幼儿园

对于已过不惑之年的中年人来说,幼儿园实在是一个奢侈的名词。那时,直到十几岁,我们都不知幼儿园为何物。

二十世纪七十年代初,计划生育工作还没有全面铺开,人们还固守着多子多福的观念。而且,我们的父母出生于四五十年代,他们十七八岁就已经郑重其事地组建了家庭。那时候,一对夫妻少则五六个孩子,多则十几个。孩子生下来,头几个月爷爷奶奶还会抱一抱,哄一哄,等到会爬的时候,如果忙的是没什么危险的家务,母亲就会把孩子背起来。背孩子的带子做得既简单又实用:用大约A4纸那么大的一块布,结结实实地缝作两层,其中两个角分别缝上一寸宽,并且也是双层的长长的带子,另外两个角缝上两个铜环。把孩子放到背上,大方布正好兜住孩子的屁股和后背,两根带子经过妈妈的肩膀,在胸前交叉,伸入两个铜环之后用力扯紧,在腹部打一个结,孩子就像个小青蛙似的,牢牢地伏在后背上。起初伏在妈妈后背的孩子还很高兴,可是,背得久了,孩子不舒服,就会哭闹。有时也会睡在母亲背上,孩子的四肢软软地耷拉着,头随着母亲的劳动一忽垂到左边,一忽垂到右边。母亲的后背就是孩子们最早的,也是永远的托儿所。

但是,那是以玉米为主食的年代,最常见的食物就是玉米粥、大楂子、玉米饼子以及东北人最爱吃的"汤条"。贴玉米饼子以及攥汤条时,大铁锅热气蒸腾,背着孩子又危险又不方便。不过孩子会爬了,他们根本分不出什么山高水低,放到炕上,用不了多久就会摔到地上去,摔得哇哇叫。只好另想高招,那根有着长长带子的"背带"又派上了用场:一头拴住孩子的脚脖,另一头拴在柜腿上——这个小家伙借着带子的智商总算逃过了摔破头的厄运。

无论何时,倘若孩子哭闹起来,大人们就会用恐吓的声音说,别哭,老告子来了。"老告子"是什么东西,大概谁也不知道,孩子们怕的,是大人那种恐怖的声音。

哄孩子睡觉的时候,大人会一边用手轻拍孩子的胸部,一边哼起古老的摇篮曲。

会走路的孩子就已经是小大人了,因为这个时候,大多数的小家伙都已经有了弟妹，望着襁褓中的婴儿隔在自己和母亲之间，不长大都不行了。

用不了多久，长子或长女就成了这个家庭的幼儿园园长。四五岁的孩子，抱起弟妹来就像小猫抱着一只大老鼠，有他的看管，小一点的孩子一般就不会摔到地上去，大小便之后他也会通知大人及时来处理。他甚至还能蹲在灶坑前生火为正在"坐月子"的母亲熬小米稀饭。只是，看着小米稀饭里仅有的一两个鸡蛋，孩子亮晶晶的眼睛里全是梦想，此时奶奶明白孩子的小心思，会说，别跟你妈抢鸡蛋吃呀，你妈吃了才会有奶，小妹妹吃了奶好快快长大，跟你玩。

四五岁的孩子早已学会克制自己的欲望，吧嗒吧嗒嘴，喝一碗玉米粥，拍拍滚圆的小肚皮，也很满意。

小猫小狗是孩子们最喜欢的毛绒玩具。那时候，小猫小狗不是家庭的宠物，它们各司其职：小猫负责捉老鼠。彼时尽管没有鼠药，老鼠却没有现在这样猖獗，更没有现在这么大个头的，原因很简单，所谓养猫，不过是让它住在柜子下面的空隙里，有个栖居之所罢了。主人只有在心情特好或是确实有了酸败的剩饭时，才会偶尔喂它一次，猫要自己养活自己，同时保护好主人的粮食，因此它总是尽职尽责地捉老鼠。狗的作用是看家望门，另外的作用就是舔净孩子们的粪便。

出生三四个月的小猫最为活泼可爱,它们兴高采烈地练习捕老鼠的本领,几只小猫的游戏常常可以打发掉一个小孩子大半天的时间。小狗则总是伸着舌头跟着小孩子们疯跑,尤其是小孩子们手里拿了块玉米饼子,嘴里咬着大葱的时候。

除了玉米粥锅巴、大饼子之外,没有任何零食。孩子们最盼望春天的到来。

首先是柳芽,那种被称为磨盘柳的,个子矮矮的,绿得有些暗淡,但它的柳芽却是酸酸的。孩子们一边采,一边塞进嘴里,享受春天的第一道美味。

然后是柳毛狗,我不知道那是哪一种柳树,它灰蓝好看的柳毛狗竟然有一丝甜味。孩子们把毛毛狗含在嘴里,等失了甜味之后再吐掉,这是我们童年的糖果之一,只是,它的个子有些高,有时候要爬到树上去才能攀折到长满毛毛狗的柳条,孩子们总是撅上满满的一抱,回到家里慢慢享用。

柳树真是我们最好的朋友,它除了给我们带来食物,还要赠给我们最好的玩具:柳树刚刚泛青时,我们就浩浩荡荡地冲进柳树林里折取柳枝,把柳枝拿到家里用小石头轻轻敲打,再用均匀的力量扭转,柳树皮就和里面的嫩条分离开来,拽出里面的枝条,把完整的树皮筒两端剪齐,其中一端再轻轻刮掉大约两毫米的外皮,用手捏扁,就做成了柳笛。长长的柳笛声音粗犷，短短的柳笛声音娇脆。有时，我们也把长长的柳笛剪出几个孔来，用手按住不同的孔，一根柳笛也会发出不同的声音。

女孩子们喜欢短小的柳笛，一两厘米长，撮起嘴唇就可以吹出高亢嘹亮的笛音，用舌头一卷，柳笛还可以藏在嘴里。柳笛声此起彼伏，乡村的幼儿园里奏响了单纯而又嘹亮的音乐。

玩泥土是春天里的第一堂游戏课。乡村就卧在山坳里，随便找个小土丘，就会有又干又细的土。两个孩子坐在地上，把身边的细土聚成一个小土堆，中间插上一根小棍，然后你一把我一把地把细土搂开，谁碰倒了小棍，谁就输了，也不知道这个游戏的意义何在，反正，孩子们就是乐此不疲。

各种好吃的野草都在孕育、发芽，植物课是我们的主打课，聪明的孩子记得住哪里是酸浆的根据地，面对山脚下一片光溜溜的土挖下去，不久就挖到了粉嫩的芽，那东西又酸又脆，非常神奇。之后是小根菜、山韭菜、山蘑子、酸蓼、狗尾巴梢、狼尾巴梢、山玉米……好吃的野草长大了，夏天来了。

馋嘴的孩子们不再满足于那些酸酸甜甜的野草了，捉蛤蟆、捞鱼……这些长着一丁点肉的小东西被孩子们放到灶坑里胡乱烤一下，就狼吞虎咽地吞进肚去，孩子们对动物的认识很是现实。

夏天里最好玩的游戏除了洗澡就是抓蜻蜓、抓蝴蝶。

由于生活贫困,有一大半的男孩夏天是光着身子的,他们整天在村边的小河沟里嬉戏,有时候也会像小猪一样浑身涂满了稀泥,几个人围着一堆稀泥玩得兴高采烈。光屁股洗澡的也有女孩子,好在大家根本不在乎性别问题,洗过澡之后,扛起自己的工具——一根枝杈错综的桦树梢子,开始追打蜻蜓和蝴蝶。

被活捉的蜻蜓是要放鸡毛信的:把蜻蜓的尾巴掐去一截,插入一根鸡毛,让它带着鸡毛飞到天上去;被打死的蜻蜓穿在一根狗尾草上,有的回家喂小猫、喂小鸡,大一点的蜻蜓,翅膀根部那一丁点肉也会被馋嘴的孩子烤食。但是为什么追打蝴蝶呢?也许是因为它有一对太过美丽的翅膀吧。

秋天里可以认识植物们各种各样的果实:山梨、李子、山里红、榛子、葵花子。等到了深秋,萝卜白菜也可以作为哄孩子的零食。

然后是漫长的冬天,窗上的冰花像好吃的糖果,孩子们不由自主地去舔食,不想厚厚的冰花粘住了贪馋的舌头,小孩子只能哭叫求救,他又上了一节实践课。

年轻好事的小叔叔会说,别哭,我给你做个冰棍吧。

放了几粒糖精,再放上几滴醋精,舀上半瓢凉水放到

户外,只小半天的工夫,酸酸甜甜的大冰棍就做好了。不过孩子们对这一发明还是有点半信半疑。

大人们都躲在家里猫冬,孩子们终于有了接受思想教育的机会了。可惜,识字的父母太少,他们只会猜一些古老的谜语,什么"红口袋,绿口袋,有人怕,有人爱";什么"红公鸡,绿尾巴,一头扎到地底下",翻来覆去也就那么几个,等孩子们缠住他们要求再猜一个时,往往只会得到他们的回绝。没有童谣,没有图画书,没有文字和算术,孩子们认得出家里的鸡鸭鹅狗,倘若让他们认字数数,则难上加难。

大人们也会讲故事,什么棺材里发出吓人的声音啦,鬼出来吃人啦,坏人如何害人啦……幼小心灵里的单纯和无畏被故事所吞噬,孩子们最早懂得的,就是畏惧。

小 名

哥家的孩子小名叫"铁蛋子",姐家的孩子小名叫"铁柱子",我儿子降生时,大家七嘴八舌,说是该叫"铁橛子"。

"铁橛子",黑乎乎一无用处的东西,这么难听的小名怎配得上怀里那一团粉嫩的宝贝?我的头摇得像拨浪鼓,坚决不同意。

直到满月,儿子仍然没有小名——既然无法向"铁"字靠拢,另起小名又显得不够随和,索性就略去小名,家里家外只喊那唯一的名字。

从可爱的宝宝长成挺拔的少年,没有一个软糯甜柔的小名,婴幼时代的憨态、童年时的纯真与顽皮似乎也就缺了简洁有力的记录。有时不免后悔:当初,真该抛却"铁"

的拘囿,为儿子取个可爱的小名。

当下,孩子们的小名多由叠字组成,有的文艺范,比如木木、朵朵;有的很大众,比如丽丽、晨晨……叠字很适合表达情感,孩子的小名一出口,爱便有了周而复始的传输带。

其实叠字小名那都不算什么,我们小时候的小名才叫与国际接轨——在我们长白山下,小名至少三个字,多的是四个字,五个字,几乎每一个小名都有一个后缀:"子"。

不错,我们大山沟子里被家人、小朋友、左邻右舍声情并茂随口叫着的小名,一个个全都酷似日本人堂而皇之的名字。

比如我吧,平时,我的小名叫"小娟子",这种小名,小伙伴们叫得最多,有时前面还冠以"老"加上姓氏,比如"老李小娟子"。父母心性平和时,也会叫这三个字,通常是这样的:

"小娟子,看孩子。"

"小娟子,做饭去。"

——父母此时刚刚分配工作,不带有什么感情色彩,"小娟子"是个指向性称谓,负责承接父母的指令。

倘若我贪玩,留恋于某种游戏迟迟没有进入工作状态,父母便掷下加急令牌,我的小名也就水涨船高,变得与日本美女很是雷同。此时父母的声音提高八度,尖声高叫:

"小死娟子,怎么还不去看孩子?"

"小死娟子,还不赶快做饭去!"

小名就是令旗,这一变,我已吓破了胆,知道暴风雨即将来临,于是兔子一样跑去做事。

当然,我的小名没有荣升为五个字的荣幸,拥有五个字小名的是表哥和表妹。表哥的小名叫"石头子",姑总是叫他"小死石头子";表妹的小名叫"妨树子",姨总是叫她"小死妨树子"。

"狗剩子""带兄子""满桌子"……这些小名前面都常常被冠以"小死"两个字。

小名能多到五个字,说明这孩子命硬。比如"妨树子",是说这孩子八字"克"父母,"妨"爹娘,干脆取个小名让他去"妨"门前的大树,这大概就可以把厄运转移;叫"狗剩子"的孩子小时候肯定多的是七灾八难,常常处于死亡的边缘,是"狗嘴"里剩下来的;叫"带兄子"的这位是个丫头,而爹妈盼的是"大胖小子";叫"满桌子"的这位在家里排行老四,是第四个丫头,四个丫头正好凑满了一桌,爹娘烦透了她们,意为到此为止,下次一定要生男孩……

小名伴随着每个人的童年,是家乡的印记,亲人的印记,每一个小名都实实在在地反映出父母的心思。即使如我这样,只把户口本上的名字中最后一字加了前缀后缀,叫起来重音不同,也会表达不同的情感。

值得一提的是,小名的后缀"子"永远都读轻声,有时甚至与"着"的读音雷同,这一点和日本人的名字完全不同。父母叫我的小名,倘若四个字中前三个字的重音分配均衡,用较高声调喊出来,一般只表示命令,须马上执行;倘若重音落在后两个字上,表示极度失望,后面必然跟着一大串呵斥与咒骂;倘若四个字咬得凶狠,且一字一字地吐出,那糟糕了,这是挨打的前兆,最好的对策就是逃,如果不能立刻逃出父母的势力范围,必然要挨一顿"巴掌汤"。

我们的四字小名其实也可以接受表扬,不过表扬的时候往往会在小名的前后加上一点缀语,比如用平和或是有些惊喜的语气说"这小死娟子",是表示父母承认我很能干,是一种首肯;"小死娟子呗",是说我做了让父母满意的事,父母表示很开心……

据说"娟"这个名字是三叔取的,只有三叔会叫我"小娟儿",也只有这个时候,我才能感觉到自己也曾是个如花似玉的女孩,也曾得到过长辈的喜爱。

如今年长,父母也都老了,岁月已剥夺了他们当年的气势,此时所有的前缀都已销蚀殆尽,我是父母的"娟子",延续着父母的岁月和生命,延续着一脉相承的亲情。

在学校里参加劳动的日子

我们上学的那个年代,大家最熟悉的一句话就是:"今天劳动。"

可能是两节课,可能是半天,也可能是一整天,偶尔会是三两天,视劳动的内容而定。

读一年级时我才七岁,开学不久,就听同学们说,今天劳动。九月的天空很是炎热,下午,全校集合,我们站了排,在老师的带领下,走了两公里的路去山里扛茅草。天太热、人小、草又重,正好途中经过舅舅家,我于是放下茅草冲进去喝了半瓢凉水。那次劳动之后,我就开始咳嗽,这成了我一生的病根。

深秋的时候我们再次劳动,这次是"捡地",就是到地里捡拾在收割过程中落下的庄稼。在一大片豆地里,我们一字排开,七八岁的孩子早已是家里的"小劳力"了,大家觉得这项劳动实在比"ɑ、o、e"要简单得多了,很圆满地完成了任务。

转眼冬天到了,准备好砖头和黄泥,男同学和老师一起砌炉子,女同学到山下去拾柴火。带一条麻绳,把拾到的柴火捆好,背到学校去。这项劳动要重复好多次。整个冬天,我们就是这样用自己拾的柴取暖。

毕竟年纪小,一、二年级时不过是滥竽充数,等到三年级时,我们已经成了不错的劳动力。

庄稼地里的活有铲地、薅草、扒玉米等。那时候没有农药,草和庄稼自由生长。庄稼刚刚拱出地面,小草们就跑来凑热闹。往往是这块地刚刚铲过,那块地已经变成了草场,因此铲地一定要抓紧时间,这种劳动常常要耗费我们好几天的时间。选阳光明媚的日子干活最好,铲下的草转眼就被阳光晒死,不会死而复生。

庄稼在生长过程中,最少要为它们锄两遍草。庄稼人习惯于把第一次给庄稼除草叫作"铲头遍地"。此时庄稼苗很小,使用锄头时一定要掌握好分寸。玉米地则需边铲地边间苗。铲二遍地时,玉米已经长到一尺多高,豆苗也几乎封了垄,稗草、谷莠草透过豆苗高高地举起它们细长的叶子,如果锄头无法伸进细小的豆苗空隙,那就只好哈下腰去，用手把它们拔出。等到玉米长到一人来高，豆子封了垄，锄头就可以高挂在房檐下的长杆上了，庄稼们已经足够粗壮，一般的小草无法侵略它们，庄稼人管这段时间叫作"挂锄"，也就是所谓的农闲吧。但是锄草的时候就没有用心，十几岁的孩子还不懂得呵护那些庄稼，挂锄之后，才发现地里又满是荒草，这时候就只能用手去拔了。

仍然是全校总动员，站好排，一人一条垄。拔出来的草不能直接扔在垄沟里，此时庄稼已经长高，垄沟里很是阴凉，那些又粗又壮的草生命力最强，随便扔在哪里都会复苏。要等到攥成一把时，把草叶扭转缠绕成一个小捆，草根朝上放到庄稼的根部，让它们腐烂后变成庄稼的肥料。

为了赶在大雪之前收回所有的庄稼，我们常常在深秋被带到生产队的地里收玉米。

高年级的同学带镰刀，他们负责把玉米割倒，女生和低年级的学生要把带着叶子的玉米棒从玉米秆上扒下来，俗称"下棒子"。"下棒子"要的是速度，玉米棒扔到一侧，攒成堆，由马车拉回到场院去。干完了白天的活后，社员们晚上还要到那里去把玉米叶子扒掉。当时人们管这种夜里的劳动叫作"夜战"。

进入初冬，学校必不可少的劳动就是割柴。

那是一整天的活计，往往要自己带饭。有时也在山下借一位农户家做两桶白菜豆腐汤或是土豆汤。

能够去做饭的往往是村长家的或是教师家的女儿，我们只有羡慕的份儿。

在学校的统一安排下，全校师生像羊群似的不一会儿就占领了半面山坡，割柴用的镰刀叫作"柴镰"，柴镰厚厚的，有些沉重。由于我们人小，操作不当，一两捆柴割下来，中指和无名指的指端，以及手掌都会磨起水灵灵的大泡来。可是老师是给了我们任务的，每人至少要割十五捆柴，就算手磨起了泡，也要继续干，等到水泡被挤破，疼痛难忍时，就随便地撕一块旧布缠一下，继续劳动。

中午，做饭的同学会把两桶菜汤挑到山脚下，也不知为什么，无论是豆腐汤，还是土豆汤，都黑糊糊的，一勺舀下去，连一两片豆腐片都见不着。做菜的女生，其中一个的手上一定会缠上旧布条，原因是切豆腐或土豆时，菜刀落到了手指上。

太阳落山之前，要把割的柴火拖到山脚下来。毕竟是小孩子，许多柴捆都松松垮垮的，像一个大蘑菇，有的还没有拖到山下，就已经散了。

堆柴火往往由有经验的中年男教师带几个高年级的男生来完成，其他同学要把柴捆逐一递上去。堆柴火的关键是要打好底，封好顶。柴垛放在山脚下，等到柴火干透，就可以用马车拉回学校，供老师办公室引火取暖。

北方的冬天特别漫长，仅有引火的毛柴是不够的，因此，每年冬天我们都要到山上去"捞木头"。

"捞木头"的工具就是麻绳。个子大、有劲儿的男生带的是粗绳，女生和小个的男生带的麻绳可稍细些。

大大小小的木头横七竖八地遍布在大半面山坡上，它们的枝杈哪里去了，直到现在我也不清楚。反正我们都是听话的孩子，按照老师的要求，把绳子折过来，套住木头的根部，然后把绳子挂在肩膀上用力往下拖，对于细小的木头，爱逞强的孩子往往健步如飞，倘若遇到的是个大块头，则需要两只手拽住绳子的一头，一步一挪，往往大汗淋漓才能把木头拖下来。

和割柴一样，午饭也在山脚下吃，也会有黑糊糊的、温热的土豆汤。

好在割柴和捞木头由于劳动量大，往往都会提前放学。在孩子们的心里，提前放学实在是一件捡了便宜的大好事。

长白山区盛产人参，每年生产队的人参起过之后，我们被容许第一时间去"拦参"，"拦"大概是东北话吧，就是在别人收获之后的庄稼地里捡拾遗落下来的粮食等。我们带着沉重的镐，一字排开，在参地里刨上，往往要刨出很远才会捡到一棵人参，一天下来，累得腰酸背痛，把拾得的人参交给老师，就算完成了任务。

我小时候身体弱，用父亲的话说，就是"不是干活的料儿"，因此劳动的时候总显得很吃力，等到十几岁时，插秧、砍柴，每一样农活都干得又快又好。我的那些同学往往十多岁就回乡务农，个个都是好劳力。

如今，"今天劳动"早已不再属于学生，他们承受的，是另外一种压力。

野孩子的寒假生活

期末考试结束后,看过了墙上那张大榜,找到了自己的名次之后,孩子们就成了脱缰的野马,近两个月的漫长寒假里,老师留的作业不过就是把语文书后面的生字表抄写一遍,并且组成词,学习上真是一点压力都没有,给我们带来压力的,是另外一种任务。

第一是拾粪。一年级十筐,到了五年级就需要拾三十筐粪。因此,每当寒假,村路上最常见的就是拾粪的小学生。

拾粪时,孩子们拖着一个小爬犁,爬犁上放一个大大的扁扁圆圆的用杏苕编成的粪筐,再带上铁锹或是旧的柴镰刀,几个孩子就结伙出发了。

孩子们最喜欢的是牛粪。每每发现,总是很可观的若干坨。与冰雪之路冻成一体的牛粪，想用铁锹直接撮起来那是不可能的，孩子们像是得了宝贝似的，先是围着一坨牛粪砍杀一圈，砍断牛粪与冰冻的路面的联系，然后把铁锹伸入牛粪与路面的缝隙，轻轻一撬，"噗"地一下，一大坨牛粪就脱离了路面。撮进粪筐里，孩子们继续东张西望地寻觅。

可惜村子里的牲口有限，拾粪的除了小学生之外，还有村子里那些不肯闲下来的老人。"庄稼一枝花，全靠粪当家"，那时候没有化肥，粪是庄稼人的宝贝。那些不能干重活的老爷爷们用杏苕编成一个撮子模样的粪筐，用一个被磨得窄窄的、已经不能割柴的柴镰刀做工具，围着猪粪牛粪马粪轻轻敲打，把它们与冰冻的路面分割开来，收入自己的筐中，倒进自家的菜园。因此，路面上尽管猪、马、牛四处徜徉，粪便却极难寻觅。

于是就跟住外出觅食的几头牛，"按牛索粪"。刚刚排出的牛粪臭烘烘软塌塌的，实在难以下手，只有冻得硬邦邦的才好。跟得久了，发现了一个秘密：牛们最喜欢去村外的场院里吃玉米秆。孩子们冲进场院，这里的雪没有被踩硬，拾起粪来省却了很多力气，更重要的是，牛们往往站在原地，一边咀嚼玉米秆，一边排出粪便，因此这里拾到的牛粪块头特别大，有时候，用拾粪的铁锹端，端不动，索性扔了铁锹，用手把冻得硬邦邦的粪坨搬进粪筐。这样

大块的粪坨,用不了几块就把粪筐装得满满的,尽管累得大汗淋漓,连帽子和围巾都褪到了一边,但是心里很高兴,很有成就感。

把爬犁拖回家,看看园子里逐渐高起来的那堆粪,暗暗计算一下拾得的筐数。饥肠辘辘的孩子冲进家门,抓起火盆上烤着的黏火烧,或者扒出埋在火盆里的土豆,吃得那叫香甜,全忘了自己黑糊糊的小手刚刚搬运过那么多的牛粪。好在孩子们都有一副粗心大意的不爱计较的肠胃,以及钢筋铁骨的身子,凛冽的北风把满头的汗冻成小冰珠,结在头发上,灌了一肚子凉水就去抓东西吃,这些,都不能使孩子们生病。不过每一年细心的妈妈总会买一些打虫药或是宝塔糖来,每一个孩子的肚子里都或多或少生有虫子。

寒假里的另一项任务是割柴。年级不同,三十捆五十捆的任务也不同。出了门向后一转,就到了山上,榛柴柯子满山都是,随便选个地方就可以割了,只是年纪太小,割好的柴火总是捆得不够紧实,松松垮垮的,割了三五捆后,踩着厚厚的积雪往山下扛可是一件很艰难的工作,常常是脚底下一滑,人就重重地摔在雪地上,手或脚脖子都会被刺破、划破。渐渐长大一些之后,人也变得聪明了,上山时带一根麻绳,把捆好的柴火摞起来,七八捆也行,十几捆也可以,用麻绳捆成又大又圆的一捆,借着山的坡度,用力推动它,就会很省力地把很多柴火推到山下来。只是用麻绳一定要把柴火捆紧,捆得越紧,滚动时的阻力就越小,因此,在捆绑柴捆时,要砍一根擀面杖那样的棒子,斜插到捆柴的麻绳中,用力绞紧柴捆后,再把它别入柴捆之中。

拾粪和砍柴的任务大多都能在春节之前完成,春节之后,孩子们又可以帮助父母做家务了。

开春之后小鸡要生蛋,不知道为什么,那时候的母鸡又任性又娇贵,它们可不肯像现在的养鸡场里的母鸡那样,在拥挤的鸡群之中,在众目睽睽之下产蛋。它们需要一个安静又温暖的窝。母鸡生蛋之前往往要精心挑选它喜爱的窝,之后才会羞答答地钻进去,在窝里趴上大半天,生了蛋之后,还要衔几根草把它的小宝宝遮盖一下,用尖尖的长喙和它的蛋亲昵一番,才会跳出鸡窝,"咯咯嗒""咯咯嗒"地向主人邀功,直到它显示得够了,累了,才会"咯咯""咕咕"地唱着歌去寻觅它喜爱的虫子们。

因此每一只鸡窝都是精心编织的。把粳草梳理整齐,取一小绺粳草圈成一个三厘米左右的圆形,然后三五根粳草为一个单位,绕着这个圆圈密密实实地编下去,根据需要调整粳草的编织方向。我们编织的鸡窝大多呈葫芦形,入口不必太大,母鸡能自由进出即可。把编好的窝放到鸡架上、猪圈上、窗台上……只要是鸡喜欢的地方,且鸡窝能够放得足够安稳就行。鸡窝里铺上细碎温暖的草叶,母鸡们就会争先恐后地来生蛋了。当然,有时也会有两只倔强的母鸡看中同一个鸡窝,两只鸡各不相让,一只鸡赖在窝里不出来,另一只鸡站在外面虎视眈眈。更有甚者,两只鸡挤到一个窝里,热得鸡脸通红,大张着嘴巴呼呼直喘气。

为了给鸡提供足够的产房,我们只好努力编织鸡窝。整个正月,孩子们都在粳草中忙活,编鸡窝、编草囤,体味着一种别样的创造的快乐。

记忆深处的"山勤假"

春天,开学没多久,我们就放"山勤假"了(直到现在我也没弄明白这个特殊词汇中用的是"三"还是"山"。"三"不足以概括每一年里勤工俭学的次数,还是用"山"吧,因为学校分配的任务总是要到山里去完成)。孩子们要通过自己的劳动为学校换来收入,勤工俭学。

第一项任务就是割小柳条。正是春耕的时候,山勤假加上勤工俭学假,十多天的假日真是恰到好处,二十世纪七十年代末已经包产到户,教我们的大多是代课教师或是民办教师,他们工资微薄,真正的身份还是农民,因此每家都有大片的农田在耕种,十多天的假日让老师们圆满地完成了地里的活,可以安心地留在学校给孩子们上课了,同时,十来岁的孩子们也可以捡种施肥,在刚刚开始以家庭为单位的队伍里占了不可或缺的重要位置。农忙过后,孩子们也不会频频请假,耽误了学习。

当然,农忙不是这个假日唯一的目的。这个假日最重要的任务就是割小柳条。那时候,每年春天都会有大解放、拖拉机等到乡下去,满载了雪白的小柳条之后离去。小柳条有时由学校代收,有时由供销社代收,分等过秤。就算被判为一等,每斤的收购价也不会超过一角钱。

割小柳条可以去江边,也可以去山上。乡村的周围多的是大片大片的"柳毛子"。只是当初的柳树是那么任性,枝条是那么粗壮,尤其是长在江边的那些家伙,它们肥壮的枝条长得比铅笔还要粗,主干更是粗壮高大。要从它们身上收获小柳条是不可能的,只能在它们身边搜寻新出现的"明条",就是一年新生的柳条。

低年级的孩子们大多在河套边、江边搜寻合乎要求的柳条,因为这些地方离家近,心里不会害怕。高年级的孩子会呼朋引伴地到很远的山上去割,这些山往往紧挨着一片"草甸子",湿度大,坡度小,大半个山坡长满"磨盘柳",它们的枝条细长、柔韧,是用来编织各种器物的首选。

割柳条还不算累,最累人的是把沉重的柳条运回家去。多数孩子就是用稚嫩的肩膀扛,尽管肩膀会瘀紫、疼痛难忍。有时几个孩子合伙推个"带车子"——这是一个比马车轻便、小巧的用人来拉的木板车，有两条车辕，其间拴上绳子，可以套在肩膀上拖拽。用带车子可以拖载回更多的柳条。

柳条割回家后，要及时剥去外皮。通常是用两根拇指粗、二尺长的木棍，一端绑紧，坐在地上，用两腿夹住绑紧的那一端，把柳条放入木夹。一手握住木夹的上部，一手拽住柳条的根部，用力一拉，柳条就会唰的一声，皮与瓤顷刻分离。用手把皮剥下来后，把雪白的枝条拿到太阳底下曝晒，晒干之后，原本沉重的柳条就变得轻飘飘的了。尤其是那种直径二毫米以内的一等条，好大的一捆，也只有几斤重。

直到现在，每每看到江边细长的垂柳，我还是不由得想把它割下来，剥了皮，看看那是怎样细白的嫩条，是不是够得上"一等"。

小柳条的收购刚刚结束，新的任务又来了。这回的任务是采山野菜。低年级每人二十斤山蕨菜、十斤山芹菜，高年级还要更多些。山芹菜喜欢聚族而居，只要记住它生长的地方，往往就会有很大的收获，蕨菜虽然也是成片地生长，可是它长得太过拘谨细长，有时就算到了眼前也瞧它不见。采山菜的人那么多，附近的山上早已被人无数次地走过，想完成任务那真是很难。

远处的山是不敢去的，山是个最容易使人迷失方向的地方。深山里没有路，只有一望无际的树，蓬勃茂盛的草和灌木，前后左右望去，一样的绿，一样的高低起伏。连采山菜的大人都会"麻达山"（在山里转来转去找不到回家的路），迷失得找不到家，何况小孩子？

不敢进山采山菜的另一个原因就是山上的蛇太多，在山上搜寻了很久，终于看到一根蕨菜，兴奋不已地冲过去，手捏着蕨菜刚要采摘，只见脚下一动，一条蛇盘踞在蕨菜的根部，正虎视眈眈地吐着芯子，这一惊非同小可，扔了筐转身就跑，从此眼里再也看不到山菜了，只会跟在别人的屁股后头心惊肉跳，贼眉鼠眼地寻找下一条蛇。

筐里的山菜多了，挎在胳膊上太沉，就把筐放下，到附近去搜寻。等寻了一把野菜回到自己的筐前，忽然发现蛇竟然好奇地爬到了筐里，胆小的孩子此后大概连筐都不敢再碰了。

山芹菜要摘掉叶子，蕨菜要按大小个儿分类，并且要轻拿轻放，不能揉掉它身上的茸毛。山菜也是要分等的，收购者总是狠心地切掉一大半，切得只剩下十几厘米高之后，才会分等过秤，用皮筋捆了，放到缸里去腌渍。大半筐的蕨菜，被他们切过验过后，也剩不了几斤了。因此尽管心里有无数的畏惧，有时候晚上做梦都会梦见身前身后都是蛇，一身冷汗后，胆战心惊地醒来。可是第二天，仍然要硬着头皮上山去。

小学四五年级时,我们还曾经到山上采过杏苕、柚苕的种子。

秋天的任务是拣蘑菇、割草秆、割杏苕,有一次竟然还给鹿场收集过树叶。

拣蘑菇时,我们的主要任务是小灰蘑。要用水焯一下,洗净后去卖。所有这些勤工俭学任务中,拣蘑菇是最轻松的。小灰蘑长在松树林里,那里铺着软软的松针,有一些茸茸的草,小灰蘑是成片长着的,青灰的伞盖,颜色与松树皮很接近,需要细心搜索才行。好在松树遮住了炽烈的阳光,草不那么茂密,因此蛇也不是很多,尽管收获不大,可是拣蘑菇总算少了很多压力。

割草秆、蒿秆是给参场打帘子用,任务很重。高年级时要在家里堆成小小的一垛才能完成任务。所谓草秆就是指芦苇,蒿秆多指白蒿。芦苇多长在河套边,山上也有,只是要细弱很多,草秆的分量轻些,价钱高些,体力不足的女孩子还是喜欢割草秆。淡黄泛着金色光泽的苇管很是好看,苇叶尽管被霜打过,仍然像竹叶一样飘逸风流。最好看的就是那朵芦花,像漂亮的鸟尾轻盈俏丽。只是苇叶常常会割破手指,扛在肩上有时会割破脸和脖子。蒿秆大多长在江边地头或是荒坡上,成片成片地生长,只是它太过沉重,连男孩子也要用带车子往家搬运。

割杏苕就像割柴一样累,杏苕木质坚硬,要用沉重的柴镰刀来割,低年级的孩子力气小,镰刀一碰到杏苕就会打滑,往往几刀下去也割不掉一根杏苕。好半天,总算割了两捆,打上"马架子"往家扛,累得孩子们汗流浃背。杏苕"压秤",可是不值钱,一斤杏苕当初也就一两分钱。

为了准备好鹿们冬天的食物,有一年秋天,我们放了一个很特殊化的山勤假——为鹿场搂干树叶。本以为秋天里满地的干树叶,八十斤的任务量很容易完成,带了麻袋我们就钻进了最近的山里,不管是柞树还是椴树,哪里的树叶又大又厚,我们就到哪里去,一会儿的工夫就装满了一麻袋,可是掂量一下,轻飘飘的,也就三五斤的样子,于是跳进麻袋用脚踹,不过体重太轻,踹过之后一麻袋也就装个十来斤。把装满干树叶的麻袋拖到学校也不是一件容易的事,有一位同学竟然连人带麻袋一并掉进了冰冷的河里,鞋子和裤子湿了大半截。好在沾了水的树叶重量增加了很多,看着浑身湿漉漉不住打哆嗦的孩子,老师总算没有狠心扣他的秤。

难做的小学生

母亲从柜子里翻出那条收置了好久的花毛巾,对折后用针线缝好,再缝上一条布带,就成了孩子们的花书包。

男孩子不再光屁股了,女孩子也不再披散着头发光着脚丫子到处乱跑了。村里的老师挨家挨户地去收学生。从八岁到十几岁,一年级的学生显得有点杂乱。

先是站了排报名,那些二小、丫蛋之类只有小名没有大名的孩子,老师要及时给他们取个名字。第一天放学后,孩子们回到家后第一件事就是向父母报告他们的新名字,什么马志高啊、王玉梅啊……可惜的是这个新名字没过多久就被父母忘掉了。

然后是排座位。按大小个儿站排,小个儿在前大个儿在后。孩子们推来搡去,终于站成歪歪扭扭的一排,老师看一眼,依次把孩子们安排好,大小个儿是当时排座位的唯一标准。

课堂教学从1、2、3……开始,十个数字就足以成为难题,让十岁左右的男孩憋足了劲,就是记不住。一周之后,同学们做的第一件好事就是给老师做教鞭,教鞭由手指粗的柳条做成,剥了皮的柳条雪白圆润,用小刀把两头刻削得整整齐齐的,放在老师的讲桌上。教鞭的用处很大,无论是识字还是做题,教鞭都是一根有力的指挥棒,雪白的教鞭所指之处,同学们一目了然,朗读的声音像唱歌一样高低起伏;教鞭的第二个作用是警示学生,它负载着各种语言含义:当学生们嗡嗡嗡朗读或是背诵时,教鞭往黑板上咣咣咣一敲,意为"停下来";老师要讲解难题时,敲响教鞭的意思就是"注意了";有同学瞌睡时,敲响教鞭的意思为"快醒来"……教鞭的第三个作用就是惩罚学生,脑袋、后背、屁股……淘气的孩子或是学习不好的孩子受过惩罚后常常迁怒于教鞭,偷偷地把它撅断、扔掉,这时,班里的积极分子立刻就会行动起来,不久新的教鞭就会高踞在讲台上。

教鞭是使用频率极高的教具之一,渐渐地同学们发现柳条教鞭中看不中用,于是又尝试起别的树种,最后的结论是,还是杏苕教鞭最扛用。

懂得了教鞭的威力，老师不在的时候，教鞭就被班长牢牢地握在手中。通常班长都是由学习成绩优异的十多岁的女生来充当，班长斥责同学们，用教鞭狠敲黑板的气势一点也不比老师差，抽打不守纪律的同学更是不留情面，因此教鞭也常常给班级带来战争。

渐渐地同学们也就失去了做新教鞭的热情，冬天生炉子的时候，有时老师不得不随便撅一根棍子权当作教鞭。

扫地是学生生活必不可少的一项工作。开学不久，老师就布置了"割扫帚"的任务，割三五枝大拇指粗细的桦树梢子，捆扎起来就是我们用来扫地的扫帚。起初，扫帚上的叶子没有落净，扫去了地上的纸片，树叶却留了下来，因此粗心的孩子总是无法把地扫干净。况且，当初的教室地面都是黑土，用扫帚一划拉，真是烟尘斗乱，灰尘能眯住人的眼睛，但是孩子们可不管这些，他们急于回家，急于完成任务，常常是先扫地，后洒水，教室里一片乌烟瘴气。

因为住处比较分散，老师按住处远近把学生分成若干学习小组，放学后同一小组的同学要被小组长带回家去写作业，不过学习小组只在一年级时行得通，家里的活计多着呢，十来岁的孩子都是家里必不可少的小劳力。先是小组成员请假，渐渐地所有的学生都脱离了学习小组，反正作业不过就是抄写生字，糊弄一下，很容易完成。

新盖的学校太小，二年级被单独设在村子最南面的一间草屋里。没有厕所，开学初老师带几个高个子的男生去山上割了几捆"刺棘子"，看看也有一人多高，就像在家里夹障子那样，夹起一片可以遮羞的私地来，中间挖一个大坑，放入一口破旧的铁锅，上面放了两块板，这就是同学们的厕所。

厕所男女共用。每当下课时，前排坐在门口的男女生全都使足了劲准备往外冲，他们的身上肩负着占领厕所高地的重要使命。倘若第一个冲进厕所的是男生，其他的男生就可以磨磨蹭蹭慢条斯里地依次如厕，嬉皮笑脸地看着女同学翘首望着厕所，小脸憋得煞白。

不洗脸的孩子特别多，老师对这种学生一脸的不屑，她先是斥责了卫生委员工作不到位，然后发出指令，每天早上由卫生委员带领全班同学向不洗脸的同学各吐一口唾沫，可惜卫生委员太过懦弱，这一指令一直没有实现。

没有钟表，没有铃声，一切都在老师的掌握之中。所以，每天到底上几节课，谁也说不清楚。好在只有语文数学两本书，学习内容简单明确，又因为不在主校区，连音乐课和体育课也省略了，教学时间极为充裕。只是太过天高皇帝远了，老师有时忙于家务，忙于整理菜园或是招待客人时，孩子们就尽情地疯跑、嬉闹，有时不免拉帮结伙地欺负起某个同学来，首先带头的就是一年级时的班长，因为换了老师，她的身份已下降为普通同学，完全失去了依托，挨过她的教鞭的男生以及曾经嫉恨不平的女生此时结成了联盟，首先掀了她班长的宝座，继而告诫所有的同学都不准与她一起游戏，并且一有机会就会含沙射影地讽刺她，时时处处给她出难题。终于迫得她辍学回家，老师也并不多问，少一个学生少操一份心。

因为住的是草房，夏天的时候，教室里会突然出现一些动物扰乱课堂秩序。

首先是两栖类动物。蹦蹦跳跳的青蛙大多是男生抓来放到教室里的，有时它们会胆大妄为地"呱呱呱"地鼓噪起来，或是一蹦一跳地把教室当成它们的运动场，教室顷刻被搅得乱糟糟的。

下雨天癞蛤蟆会冒着生命危险往屋里冲，孩子们不小心会踩到它们身上，好在大家对它们司空见惯，就连女生也会一脚把它们踢开。

最可怕的爬行动物就是蛇，蛇不知从哪个墙缝里爬出来，在教室里蜿蜒曲折地扭动身体，连老师都显出一副恐慌的样子。此时胆大的男同学则冲出来，铁锹、教鞭……一起向蛇身上打去，把蛇打死后，男同学再趾高气扬地把蛇的尸体用铁锹撮出去。这样一闹腾，同学们全都紧张兴奋起来，老师和学生再也没有心思上课了。

最普遍的就是老鼠。有时老师在前面讲课，老鼠瞪着滚圆的眼睛匍匐在老师的脚下，眼尖的孩子看到老鼠后，转眼全班同学都得到了信息,于是这节课便成了捕鼠课。

等到考试的时候,主校区那边会派陌生的老师来监考,一贯随随便便的班主任终于如临大敌,她把成绩好的和成绩差的学生打乱重新编排了座位,并且明确强调,要学习成绩较好的同学带好成绩差的同学,保证他们都能及格。

从这时开始,排座位有了另外一层含义,有了另外的规则。

辑 五

我们都是喜欢玩火的孩子

冬天里,那些滑行的游戏

冬天来了,庄稼归了仓,畜禽散放在外,孩子们也一下子轻松起来,雪一下,整个世界都变成了孩子们的乐园。

大一点的男孩早已准备好了可用的木板、钉子,找来铁锤和锯,一番敲敲打打,把木板锯齐,一个像模像样的冰车就做成了。为了更好地驾驭它,手巧的男孩还会在冰车前钉一个十字形的"拐头",这就是冰车的方向盘。为了给冰车的启动加力,还要准备两根钢筋,做成"冰穿子"。

把冰车拖到有长长坡度的前山或是后山,选准滑行的路线,稳稳地坐在冰车上,双脚蹬住"拐头",双手紧握冰穿子在雪地上用力一撑,冰车便开始滑行,随着坡度的增大,冰车的滑行越来越快,被冲起的雪飞射到脸上、身上,非常刺激。不过这种游戏需要一个滑冰车的好手,不然滑到中途,人却被摔到了地上,或是方向不对,一头钻到路旁的雪窝子里。不过不用担心,雪地暄乎乎的,孩子们又穿了厚厚的棉衣,冰车离地面又那么近,摔在地上,只会引来一场善意的、开怀的大笑,不会有什么危险。

更好玩的是"爬犁",爬犁是由家里的男人们做成的,爬犁的形状取决于男人的想象力和手艺,有的又凿又刨,钻眼打卯做得很精致,有的则随意凿凿钉钉做得很粗糙。爬犁是否好用,关键是两条腿一定要光滑、坚韧,讲究的男人用的一般是梨木,柞木也行,带辕的爬犁可以套上牲口,用作打柴的工具,不带辕的则拴上麻绳,可以运载一些重物。

孩子们最喜欢这种不带辕的爬犁。三四个孩子把爬犁拖上山,一个坐在前面掌握方向,当时叫作"摆头",两三个孩子坐在后面,爬犁本身就比冰车重,再加上孩子们的体重,下滑的速度快,让孩子们尽情享受了速度带来的快乐。整个冬天,无论是男孩还是女孩,大家都玩这个游戏,乐此不疲。

有的孩子没有冰车子,又没有爬犁,只能望着那些大喊大叫的人群。但是在这个冰天雪地的世界,谁都不会放弃滑行的梦想,父亲的柴草堆里有很多割回来的杏苔,这也是个好东西。选手指粗的杏苔,在灶炕里用火燎一下,

杏苔遇热变软。踩住杏苔的根部，另一部分慢慢向上弯，与地面形成近90度的夹角，孩子们一只脚踩着这根杏苔，也可以在雪地上快乐地滑行。

孩子们随时都想滑行，就算身边一无所有，如果遇见溜光锃亮的冰面，也会先来一段助跑，借助自己还算光滑的鞋底滑上一程，只可惜鞋子是母亲做的，用麻绳在上面那么用心地、细密地纳过，阻力就大了，因此穿布鞋的孩子只能暗暗羡慕穿胶鞋的孩子，眼巴巴地看着穿胶鞋的孩子在冰面上幸福地飞。

后来，孩子们发现，铁锹也是个不错的滑行工具。用铁锹滑行需要两个人的配合：一个人双脚并拢站在铁锹上，另一个人拽着锹把在前面飞跑，跑着跑着，把锹把一松，站在铁锹上的人急忙跳下来，如果反应慢了，那就只好摔上一跤了。

可以用来滑行的还有玉米秆、塑料等。孩子们就像野地里的草，一茬一茬地快乐地成长。整个冬天他们只有一套衣服，就是肥肥厚厚的棉袄棉裤，什么背心啊，衬衣衬裤之类，哪有这些奢侈的享受？棉袄棉裤也常常磨开了花，有的孩子露出了雪白的小屁股，有的黑糊糊的膝盖也探出了头。扣子掉了，粗心的妈妈只顾得怀里还在吃奶的小的，哪里顾得上外面疯跑着的大的？扣子掉了多少天也不知道，小孩子胸口肚皮露出来，冻得耳朵和脸蛋通红，大鼻涕挂在嘴唇上。狠狠地吸吸鼻子,或者用袖子抹一下,照样玩,就算感冒了,咳嗽的就让他咳着,发烧的用酒搓一下,睡一天。外面那么热闹,一般的小病,谁能躺得住?还不是照样玩得人仰马翻?

小时候,我们最爱"打鬼子"

这些年,我们看了太多"打鬼子"的电视剧,尽管高科技让我们看到了"手撕鬼子"之类的神剧,心中也曾质疑,但话说回来,小鬼子就算死了千遍万遍,也难消我们心头之恨。

这种仇恨从小就扎根在我们心中。从小,"打鬼子"就是我们的重头戏,"打鬼子"的游戏,一年四季都不能少。

冬天当然是最好的季节,老天爷准备了足够的游戏材料——雪,村民们扫在一起的大雪堆子是最好的"据点"或是"炮楼","据点"和"炮楼"周围有取之不尽的子弹——雪团子,孩子们分成两伙,一伙是"八路军",一伙是"小鬼子"。"打鬼子"是最热闹的事,连无意中走过来的大男孩,甚至忽然闲下来的孩子们的爸爸也会来参加。一个个雪团子在对方的阵地开了花,就像上演战斗片一样激烈。战争总是八路军获胜,"小鬼子"成了俘虏,要遭受"絮棉裤"的酷刑——把雪团子从裤腰塞进光溜溜的裤裆,让雪和你的肌肤来个亲密接触。扮演"鬼子"被"絮棉裤"的孩子,有时也会哭鼻子。可是想当"八路",那得是孩子头,或者是孩子头的好朋友才行——不肯当"鬼子",那就只好当观众,永远没有参加游戏的机会。

既然要玩"打鬼子",就应该有枪才好,五花八门的玩具枪,那是如今的孩子们必不可少的玩具。从前的孩子们,他们的玩具枪有自己的特色。

一个是玉米秆做成的枪。玉米秆靠近玉米棒的那一节有一个凹槽,孩子们就把这节玉米秆撅下来,拣一大堆大小适中的石子做子弹,把石子放到凹槽的一端,利用杠杆原理用力把石子弹出去,石子飞射而出,这么个原始的工具,孩子们却总是梦想着用它来打鸟。

再一个就是水枪。忘记了那种灌木的名字,它们很随意地长满了前山或是后山,外皮是那种浅浅的铁灰色,有很多斑点。男孩子们把这种灌木割回家,选直径2厘米左右的,截成20厘米长的木段,这种植物的特点是外边木质特别坚硬,中间部分却是柔软的瓤,孩子们想方设法把这些瓤掏出来,掏成一个漂亮的木管,但是不能掏得通透,要在距离另一端1厘米左右的地方停下来,用针在细软外扎两个眼。选粗细相应的杏苕棍插入木管,这样,一个水枪基本上就做成了,它很像护士用的注射器,把扎了眼的那部分放入清水里,抽动杏苕棍,清水就被吸进枪管,然后就像注射那样把水射出去。

如果有一个孩子气的父亲,小孩子就会拥有木制的枪、铁丝编成的枪。拥有这种枪的孩子,在玩"打仗"的游戏中是要当"官"的,有这么先进的武器,当然要做孩子头儿啦。

还有秫秸、柳条、榆树条……所有的条状物都可以摇身一变,变成孩子们喜欢的武器。

参加游戏的人仍然分成两伙,他们吆喝着,奔跑着,倘若被枪打中,就算是"八路"也只能"壮烈牺牲",只能由"同志们"为他"报仇"。

……

如今,坐在沙发上看电视,看小鬼子的各种死法,心中不觉赞叹作家和导演的想象力。"打鬼子"的游戏贯穿了我们风华正茂的少年时光,注定了它还要陪伴我们走过以后安逸的日子。

那些年我们一起玩的游戏

小时候,最普通的游戏就是"抓人",也叫"过电"。

男孩女孩可以一起玩,画一个圆圈当作"家",参加游戏的孩子分成两伙,石头剪子布分出先后,一个人跑,另外一伙人追,如果被追上,就算掉了,要站在那里等待同伴来救。同伴如果能摆脱追击跑过来拍他一下,意为"过电",这个人就被救活了,两个人分开跑,躲过追击者跑回圆圈,就算取得了小小的胜利,下一轮的追跑继续开始,倘若全部被抓到,圆圈只好让给另外一伙,要把这一伙人一一抓到才会重新轮到自己。

男孩中,也有弹溜溜的,可惜那时候没有玻璃弹珠。孩子们用黄泥掺上沙子用手搓成球形,在烈日下晒干之后,在院子里挖几个坑玩得很是投入。遗憾的是，这种自制的弹珠常常被轻易地打碎。

瓶盖也是孩子们很好的玩具，和弹溜溜的规则差不多，男孩子弹起瓶盖来像四足动物似的在地上爬来爬去，常常忘记了吃饭。

瓶盖也是女孩子的爱物，把瓶盖放到石头上砸扁了，中间用铁钉子钉出一个孔来，可以用来扎毽子。用麻绳和瓶盖扎的毽子，踢起来轻重适度，又不会随意翻转，灵巧的女孩子可以踢上十几分钟，花样翻新地踢，毽子总是如影随形，绝不会落到地上。

"跳房子"是长大后才弄明白的一种很文雅的词汇，小时候好像叫"玩格"，玩格的工具是拳头大的布口袋，有的里面装上沙子，有的装上玉米粒，我们管这个口袋叫作"钱儿"。

最简单的是"四格"，就是一个田字格，右侧第一格开始，单是把布口袋踢到第二格、第三格、第四格，如果脚没有挪动，口袋又没有压线或是被踢出格外，就算胜利了，然后从第二格开始。

孩子们最喜欢的是十格的游戏。玩法和四格的游戏差不多，只是当布口袋被踢到第八格时，必须用力把口袋踢过第九格，让它直奔第十格，十格那里孩子们随意画了三条直线，分出四个宽窄不同的空间来，其中离九格最近的地方被称为"瞎子",其次是"瘸子",然后是"大步",最后是"自由"。倘若口袋落入"瞎子"的空间,游戏者就要紧闭双眼,在对手的监督下,凭着感觉从八格依次走回第一格,倘若踩线或是错了位置,就算掉了,而且回到第一格后也不能睁开眼睛,要伸出手来把口袋摸到手才算胜利。

倘若口袋落到"瘸子"的空间,就要从八格单足蹦回第一格,在第一格单腿蹲下,捡起口袋。倘若落到"大步"的空间就简单多了,从八格走回一格捡起口袋即可,倘若落到"自由"的空间,那就可以很随便地捡起口袋,游戏可以升到二级。

男孩和女孩常常一起玩的游戏叫"占家"。

用木棍在沙土混合的操场上画一个"己"字形的图案,"己"字形圈起的就是即将决战的双方。"己"字的横头向扩展再向下画一竖线,与原字形形成的空间就是出入的通道,字尾向外画一个巨大的圆圈,被称为"大缸",是可供休息的阵地,圆圈之后再用横线向右延伸,结尾处画成箭头形状,过了此处就可以在广阔天地展开战斗了。另一方的家则由"己"字尾开始,地形图案与上家完全对称。游戏最少有四人参加,多多益善,双方最少要有一守一攻。要是有十几或是二十几人参加,双方的攻守才会热闹非凡。

游戏开始了,一方面要卡住敌方的通道,在敌方冲出时,可采取推、拉等办法,使敌方攻击队员踩线,跌入通道或是被拽入我方的"家";一方面则要凭借别人的掩护、灵巧的闪躲等技巧冲过通道,冲入暂时的避风港——"大缸"中,直到冲出所有的束缚之外。冲出的人越多,越能与守家的人一起形成里应外合之势,取得胜利的机会也就越大。

冲出的人,一部分要与对方冲出的人展开厮杀,一部分要阻止对方的人继续冲出来,最重要的就是沿着重重堵截的细长通道,冲入对方的"家",占领对方的"家"。

现在大概早已没有孩子玩这种游戏了吧?玩这种游戏,几乎每个孩子都会被推倒,被撕掉了衣服的扣子,被抓破了胳膊……可是那时候的孩子是那样喜欢这个富有挑战性的游戏,以至于操场上、村路上都深刻着这个游戏的图案,晚饭后,连村子里年轻的父母们也会兴高采烈地参战,一场热火朝天的厮杀使得乡村的夜晚格外热闹。

嘎拉哈陪我们走过漫长冬天

我小时候住的是低矮的草房,家徒四壁,最宝贵的东西都搁置在梁上的木板上。那里有一个直径一尺有余的圆形的小木匣,每一年落雪之后,农活和家务一下子少了许多,母亲便攀着房梁,小心翼翼地把这个神奇的小木匣擎在手中,掸掉上面厚厚一层尘埃,拉开圆圆的匣盖,木匣里装着的,便是母亲的爱物——嘎拉哈。

六十多个獐狍以及羊的嘎拉哈,色彩艳丽,玲珑剔透,整个冬天,我们都沉浸在玩嘎拉哈的游戏之中。

嘎拉哈,满语,獐狍麋鹿以及猪牛羊之类动物腿和胫骨相连处的一块骨头。通常,操刀的师傅不会把嘎拉哈单独剔出来,嘎拉哈被剔到动物的"小肘"之中,连骨头带肉扔到大锅里煮,等到煮熟之后,大人们急着吃肉,孩子们便去找肉里的骨头——无论多么高大的动物,都只有两个嘎拉哈。

嘎拉哈在手,啃去上面的筋肉,晾干,染色,便可以收入囊中,做游戏之物了。獐、狍和羊的嘎拉哈长度在两厘米左右,把玩得越久越剔透,它们骨质如瓷,细腻晶莹,着色后如墨入宣纸,呈现出一种洇染的韵味,让人爱不释手。猪的嘎拉哈要大些,是羊、狍之类的二倍有余,难以染色,加上原本就有些笨拙与粗糙,因此少有人搜集,牛的嘎拉哈虽更大些,但四面的骨形很精致,可惜那时牛是用来耕田的,除非意外死亡,乡村几乎没有杀牛这一说,因此,牛的嘎拉哈很少见。

嘎拉哈属长方体,分凹、凸及两侧共四面,《满喜斋丛书》介绍说,:"按今沈俗于嘎拉哈四色名称:以棱起如云者曰珍,其对面曰驴,仰者曰背,俯者曰刻。"实质上,凹的那面我们称之为"坑",凸的那面称为"肚",嘎拉哈的四面分别叫作"珍""驴""肚""坑"。

小孩子们玩嘎拉哈的游戏叫作"撂珍",——石头剪刀布之后,胜者把数十个嘎拉哈捧在手中,有时两只手捧不完,干脆兜在衣襟里,向炕上一撒,出现"珍"面的嘎拉哈就是自己的战利品了,拣出来,放到自己这一边,剩下的,由对方撒,这样依次撒下去,以赢得嘎拉哈多者为胜。

母亲几代积累相传，精心收藏在小匣子里的嘎拉哈就是在"撂珍"过程中被小孩子们丢掉的——小孩子的脾气，输了不免着急，拿嘎拉哈出气，有的使劲撇出去，有的狠狠地往炕上摔，这样一来，有的嘎拉哈便被摔到了炕缝里、柜子底下，或者摔到垃圾堆里……从此踪迹皆无。为了哄孩子，母亲的小木匣变得不再拥挤。

长大后，玩嘎拉哈就不再是掷骰子一样地听天由命，而是有很多技巧了。

首先要缝个布口袋，我们称之为"钱儿"——把六块正方形的布依次缝起来，里面装上苞米粒，便可以玩嘎拉哈了。

通常是四个或六个嘎拉哈，像"撂珍"那样撒开，把"钱儿"高高抛起，同时把相同面的嘎拉哈抓起来，不得碰触到其他的嘎拉哈，然后接住从空中落下的"钱儿"。此时，倘若抓在手里的是两个相同的嘎拉哈，计1分，三个相同面的，计10分，两个相同面及另外两个相同面的，计20分，四个相同面的，计40分。倘若是四个嘎拉哈同时出现"珍""驴""肚""坑"，或者没抓住嘎拉哈，以及没接住"钱儿"，就掉（自己这一方的游戏结束）了。

等到抓到100分，要"扳珍"：把"钱儿"高高地抛起，五个手指各尽所能，只一两下，四个嘎拉哈就全部变成"珍"，再把"珍"扳倒成"驴""肚""坑"，最后把所有

的嘎拉哈抓在手里,并接住"钱儿",便完成任务了。"扳珍"必须一气呵成,倘若中途"掉"了,要从头再来,一般要在10下或是12下完成任务。

另外一种玩法就叫"扳珍":把嘎拉哈撒出去,高高抛起"钱儿",快速地把炕上的嘎拉哈扳成"珍",再抛起"钱儿",把扳好的"珍"抓起来,倘若只有两个,计1分,三个计10分,四个计40分,若不足两个,就算"掉"了,另外一人开始游戏。

100分之后,还是要"扳珍",这就像主歌之后要有副歌,"扳珍"不计分数,只算资格,没有这个过渡,就无法继续进行此后的游戏。

整个冬天,妇女们最开心的游戏,就是聚集到谁家玩嘎拉哈,有的盘腿坐在炕上,有的扶着炕沿站在地上,"钱儿"高高抛起,手、眼、身全部动起来,各种妩媚妖娆的姿态尽数上演,大家笑一阵,闹一阵,真是不亦乐乎。

这情景,《满洲源流考》中有一首乾隆皇帝的御制诗描述道:

> 投石军中以戏称,手弹腕骨俗相仍。
> 得全四色方愉快,何必三枭始绝胜。
> 闺秀争能守炉火,儿童较远驱寒冰。
> 无端胜负分忧喜,獐鹿哪知有许能。

玩嘎拉哈确是长白山地区流传已久的民间游戏，在缺少娱乐的漫长冬天里，是它们给妇女儿童带来无限欢乐，连皇宫大内中的格格们也忘不了以嘎拉哈做戏，《奉天通志》中就有记载，说每年三次鹿差应进的贡品中，有"獐子嘎拉哈280个，狍子嘎拉哈320个"。

我们也玩"躲猫猫"

七十年代,在我们长白山脚下,小孩子、小青年最爱玩的游戏就是"躲猫猫"。

"躲猫猫"就是"捉迷藏",也叫"藏猫"。黄昏时,暗淡的光线让白天的游戏无法继续,正好可以捉迷藏。

参加游戏的人分成两伙,游戏既可在户外进行,也可以在室内。

只要不是最冷的天,大家就会跑到室外去玩。藏到哪里的都有:草垛里、柴垛边,爬到猪圈上的、躲在鸡窝后边的……农家院里到处都是藏身之处,躲进去,借着朦胧的暮霭做掩护,就很难被发现。不过找的人也不示弱,草垛柴垛查得滴水不漏。有的人藏得实在是深不可测,找的人还有一招,有的会对着一处大喊,出来吧,我看见你了。有的说,出来吧,我不玩了。等那个躲藏的人自投罗网,找的人就会发出胜利的大笑——兵不厌诈呀。

玩的时间长了,这些花招就不灵了。有一回,邻家的二丫爬上高高的草垛,躺在上面,又盖上两捆草,藏得这个严密。找的人所有的招数都使尽了,也没找到她,大家也就忘了,继续玩,直到睡觉时家里人才发现二丫不见了,闹得邻居们都慌了神,大家一起找,终于,母亲焦急的呼唤得到了女儿的应答,原来,她竟然在草垛上睡着了。

室内的游戏是属于那些余兴未尽的小孩子的,最好的躲藏地点当然就是被窝,藏的人总是蒙上被子,找的人则一下子掀开,两个孩子于是开怀大笑。或是躲藏在做针线活的母亲身后,大一点的孩子有时还会钻到柜子后面,或者干脆钻到柜子里。有的藏在厨房水缸、磨的后边,有的趁母亲不注意,竟然蹲到锅台上,这要是让母亲看见了,轻者是一顿骂,重则挨打——灶王爷的地盘也敢上,真是反了天了。

如今的中年人,哪个没玩过"躲猫猫"?童年和青年时代的欢声笑语在记忆之中,早已发酵成香醇的美酒,回忆起来,全都是芳香与甜蜜。

我们都是喜欢玩火的孩子

曾经,我们都是喜欢玩火的孩子。

不必联想,无需引申,没有任何言外之意,玩火,是我们童年最为热衷的游戏。

还在婴儿时期,"火"就引发了我们极大的好奇。襁褓之中,饿了或是尿了,哇哇地哭,母亲立刻点亮油灯,"哧"地一下,一团火苗从火柴头上转移到煤油灯的灯芯上,跳跃着,偶尔会炸一个火花。母亲或是喂奶,或是打开襁褓换下湿透的尿片。婴儿早就止住了哭声,只一味瞅着灯上那一朵火苗,有时竟然放弃了母亲的乳头,一任奶水流过脸庞。

等到蹒跚学步,孩子们又常常迷恋火盆里的火。那是些红红的炭火,把冰凉的干粮放在上面一烤,满屋子都是焦香。傻傻的小孩子以为那香气就藏在炭火中,不听母亲的劝阻伸手去抓,不想那火是会"咬人"的,细嫩的小手被烫起了水泡,小孩子自然要疼得哭泣,从此对火又爱又怕。

地处长白山脚下,为了抵御冬日里的酷寒,当初的草屋都建得"矮趴趴"的,灶膛不在地平面上,而是要深深地挖一个坑,我们习惯称之为"灶坑"。灶坑几乎埋藏着孩子童年里所有的快乐。

灶坑里的火最为威武雄壮,也最得孩子们的青睐。孩子们帮父母做的第一件事,大概就是"架火"了——长白山山高林密,每一家的院子里都堆着"劈柴""毛柴"两个巨大的柴垛。把柴抱回家来,撅成两截,添到燃得正旺的灶坑里,这就叫作"架火"。有时,"架火"也指生火。用来引火的叫"麻柴",就是剥了线麻之后,剩下的雪白的麻秆。麻柴是空心的,引火前用脚踩一下,让它变得更加细碎,此时划一根火柴,一点便着。小心地把麻柴伸到灶坑里,把毛柴的细枝拢到一处,不久一灶柴便呼呼地着起来。

穿开裆裤的孩子蹲在灶坑前,出神地看着灶里呼啸的火苗。有时它们噼啪作响,有时又持续发出呼啦啦的声音,村民们说,这是火在笑,"火笑要来客"。小孩子不信这个,他只是被火的热情所感染,下意识地抽出一根柴来,只见火苗在柴上挣扎几下,便灭了,冒出好大一股烟。他试图摇一下那木棍,柴上一星火便跳来跳去,木棍摇得越快,火星越旺,再快些,就会连成一条红红的"火线"。

这样胡闹,被母亲发现了,一定要吃喝,一定要拍打。"玩火的孩子会尿炕",母亲发出神秘的警告,在母亲的监管下,柴棍回到了灶坑里,孩子们被撵回堂屋。

不知道是谁发现的,说是塑料会"放屁"。塑料是乡下的稀罕物,倘若谁有幸捡到一小块塑料,大家就会眼巴巴众星捧月般把他围起来,拿塑料的孩子郑重其事地用棍子把塑料挑起来,早有另外的孩子伸出燃烧的柴,转眼间塑料被点燃,一股浓浓的黑烟升起来,火苗直往上蹿,只听得"噗噗"声不断,一团团火连同"塑料油子"纷纷滴落下来。拿塑料的孩子努力把燃烧的塑料举得更高,大家欢呼雀跃:"塑料放屁了!""塑料放屁了!"笑声响彻整个村庄。

春节算是个玩火的节日。有时连大人也会淘气,大人在春节时会很奢侈地抽烟卷,他们往往用烟头上的火引燃手上一只爆竹,瞬间扔出去,爆竹炸响,震落点点雪花。小孩子拿的是一根粗大的冒烟的柴,把爆竹插在雪地里,把柴上的火星吹亮,一手捂住耳朵,一手伸出柴棍,战战兢兢地点燃,"砰"的一声,爆竹的声音和孩子们的惊叫响在一处,连身后的看家狗也兴奋地叫起来。

另外一个玩火的节日是正月十五,这一夜除了名正言顺地放路灯，每个孩子还可以分到几只"磕头了"——一种手指一样细小的蜡烛，把它粘到罐头瓶子里，就成了一个玻璃灯笼。小孩子打灯笼，大孩子拖几捆柴，来到冰雪覆盖的河面上，把柴点燃。柴草的火苗直冲云霄，孩子们围着火堆笑着闹着，在冰上滚来滚去。

"火形严，故人鲜灼；水形懦，故人多溺。"火给过我们小教训，但给我们更多的是光明，是温暖，是说不完的美好回忆……曾经，我们都是喜欢玩火的孩子，那个会跳舞的精灵，在贫瘠的日子里放射光芒，伴我们走过童年时光。

玩泥巴的岁月

贫穷的世界里,最不缺少的就是泥巴。

泥巴可以种庄稼养活我们的微命,泥巴可以在草木的支撑下站起来化身为庐,给我们遮风挡雨,当然,泥巴也可以像慈祥的祖母相伴我们贫瘠却并不缺少乐趣的童年。

乡下的房子离不开黄泥,所谓窗台也不过是黄泥上铺一块木板,屋子里到处都会看到裸泥。每一个蹒跚学步的孩子几乎都扶着窗台吃过那里的泥巴。

我亲眼看到小弟弟扶着窗台摇摇晃晃,塞到嘴里的黄泥被口水和得生机勃勃,涂满了嘴巴和圆嘟嘟的脸,我惊愕不已,飞跑着向母亲报告,母亲忙得一塌糊涂,全不把小弟弟吃泥巴的事放在心上,还顺便告诉我:"你小的时候,吃的比他还多,哪个小孩没吃过泥巴!"

吃就吃了吧,彼时我也爱泥巴,准确地说是爱上了颗粒细小的泥沙。我常常带着小弟弟把泥沙捧起来恣意扬撒,因为不懂风的流向,一抔逆风的泥沙便全部飞回来,钻进头发里、衣领里、嘴巴里和眼睛里,眯了眼睛的孩子,只能哭叫着回家找妈妈。

最先接触的真正与泥巴有关的游戏叫"尿炕"——把细碎的泥沙拢作一堆,中间插一根小木棍,参加游戏的孩子依次从泥堆周围搂一捧沙土。循环进行,土堆越来越小,木棍得不到支撑,摇摇欲坠,此时,谁搂泥沙时让木棍倒下来,谁就被判定为"尿炕",小伙伴们必然要大叫着嘲笑他一次,仿佛他真的"尿炕"一样。

过家家是萌娃们爱极了的游戏,乡下的孩子也不例外。只是,乡下的土话称之为"摆菜碟"——贫困的童年里,就算是豁了口的粗瓷碗也不可以拿来当玩具,所有的玩具都来自泥土:细沙是米饭,稀泥是羹汤,土丘为桌子,中间稍凹的石片为碗为盘,再采几棵野草,捉两只蜻蜓,也就有肉有菜了。几个孩子相互分派了角色,各做各的事情。

"摆菜碟"的游戏一玩就是大半天,直玩得满头满脸的尘,衣服裤子上全都是灰土。大人见了,就算不被暴打一顿,也得被大骂一番。但那些尘饭涂羹的乐趣,没有玩过泥土的人,永远都体会不到。

男孩子们最喜欢的，还是河边的泥巴。每到夏天，他们就把自己脱得精赤条条，整天流连在小河边。扎猛子，搂狗刨，站在河边的土丘上往河里跳。有时洗得冷了，就齐刷刷蹲在河边挖弯弯曲曲的地道，或是筑一个养鱼池，垒一座想象中的小房子。那细软的泥巴是"扶不上墙"的，孩子们用手拍了又拍，拍得满身满脸的泥点子，正干得高兴，不想爱恶作剧的孩子偷偷侵入，一脚踏过来，你踢了我的地道，我踩了你的池塘，出坏主意的孩子得意地哈哈狂笑，极为用心的孩子气得哇哇大哭，推推搡搡中，大家全都稀泥满身，污浊满脸，索性把那细软的黑泥涂满全身，变一个黑小孩做足各种鬼脸之后，大家相继爬上最高的土丘，纵身跳入清澈的小河。

河边上，最受男孩子欢迎的还有"摔炮"的游戏。

揪一团和好的泥巴，揉匀了，团成一个球。把泥球中间部分掏出来，一直掏成碗状，再仔细地把"碗底"捏得很薄很薄，把"碗口"四周捏得平齐。

"泥碗"做好了，小心托在手心上。找一块表面平整光滑的石板，以迅雷不及掩耳之势翻转手掌，使得"碗口"朝下，"泥碗"猛力扣向石板，此时只听"啪"的一声，薄薄的"碗"底早被爆得泥星飞溅。

"放炮喽——"伙伴们跳着脚齐声助威。

也有用力用得偏了，或是"泥碗"做得不够精致，只听得喑哑地"噗"的一声——这是个哑巴炮,是个臭子儿。但小伙伴们仍然会哈哈大笑。

每一个来自农村的孩子都曾经这样相伴泥土,沿着泥泞的路摸爬滚打,一路踸踔地成长起来。在城里孩子的眼里,泥巴很脏,有牛粪马粪的村路更脏——他们潮红了柔弱的脸,抄着雪白干净的小手,寂寂地走在童年短暂而又苍白的路上,走得四平八稳,无所回味。

乡村的快乐与青蛙有关

城里人看不上农村人,说农村人面朝黄土背朝天,日子过是枯燥。

农村人不跟城里人一般见识:城里人只知道地上长草长树长庄稼,不知道地上还生活着各种各样的生物;只知道天上会打雷下雨出太阳,不知道那里也常有家雀山鸡老鹞鹰飞过。

除了"俩胳膊俩腿儿顶个脑袋"的人,农村还生活着无数鲜活的生命,有它们的参与,日子自然会多出别样的精彩。

单说青蛙吧,这个滑溜溜跳来跳去的小家伙就给乡村带来了无限的乐趣。

春天,采猪草的孩子常常被一个小水泡子所吸引,让大家兴奋起来的，是泡子里成团的"蛤蟆子"，那东西絮状，远看就像映入水中的云朵，仔细观察，就会看见絮状物上布满了漆黑的小圆点。孩子们都知道，每一个黑点都会发育成一个小蝌蚪。

问题是，最小的小蝌蚪是什么样子的？为了满足这份好奇，男孩子用长杆把"蛤蟆子"捞上来，大家用手指轻轻拨弄一下，这黏糊糊富有弹性的一团手感并不好，况且每一个圆点都好像瞪圆的眼睛。尤其是我，对又软又黏又滑的东西有天生的恐惧，因此每当此时便戒备起来，远远跑开。

再过几天，水泡子便成了生命的温床，偶尔有人大摇大摆地走近，粗犷的脚步声让小蝌蚪受了惊吓，"呼"地一下，它们集体逃离向深处游去，浩大的声势反让近前的人吓了一跳。

由长出两条腿，再变成四条腿，蜕去尾巴，小蝌蚪终于变成了小青蛙，它们躲在草丛里、稻田间，一味呱呱地叫。

夜晚是必须高唱的，那是乡村不可或缺的演奏，每一只蛙都不甘落后。听不懂它们天天在唱什么，有一点是可以肯定的，就是蛙们其实也在攀比、在炫耀、在争宠，每一面夜幕都是蛙生命中最豪华的舞台。

下雨天也是要叫的，闷热的午后，忽然传来"呱呱呱呱"的鼓噪，这就是下雨的前兆，负责报告天气的蛙被乡下人称为"天老爷小舅子"——天上下不下雨，它最清楚。

"天老爷小舅子"又叫"青崴子",是比人的指甲盖大不了多少的小蛙,它四肢细瘦,长相丑陋,不过颜色青翠。它整天坐在花丛里、树叶上,每到大雨来临,它就会用不讨喜的声音呱呱高叫。

晴天白日的,也常有蛙鸣,那声音往往低缓、温柔,像屋檐下的絮语,又像是缠绵的情话。小孩子发现了蛙鸣的蹊跷,纷纷鼓舌弄唇学蛙叫:把舌头抵在上腭,聚拢嘴唇再咧开嘴巴,让气流从舌尖和侧面分别挤进挤出,便可以惟妙惟肖地学出蛙的低鸣。

学蛙唱,童年的我们是着了迷的。

有一次在河边洗衣服,听见一只蛙有一搭没一搭地叫,像是一个人在自说自话,我急忙调整呼吸一展"口技"——那蛙鸣一停,我便"咕咕呱呱"地学叫,不想那蛙竟然把我引为知己,我叫,它就停,像是在倾听,我停下,它就叫,像是在试探。就这样,我兴致勃勃地与一只蛙"高谈阔论"——可惜的是,青蛙听得懂我的话,我却听不懂它的话。

儿子喜欢所有的小动物,尤其偏爱青蛙。黄昏散步,他常常把草丛里的青蛙赶到河里,只听"扑通"一声,青蛙一头扎入水中,清澈的小溪中蛙的形象一览无余,它张开四肢飞快游动,倘遇见一蓬草,便慌里慌张地把头钻进去——它看不到别人,便以为别人也看不到它,儿子小心地把手伸入水里,飞速一按,青蛙已在他手上。

儿子抚摸它冰凉的肌肤，很享受地看它气鼓鼓的样子。别的孩子抓青蛙，是为了吃它的肉，儿子抓青蛙，只是因为喜爱，是为了把它们放养在我家后院的菜园里，每年夏天，我家的菜园都是青蛙的舞台，房前屋后少不了蛙鼓。

不知为什么，有一只蛙或许是因为迷路，它竟然住在我家的水缸后头，一住多年。那一年我们改造房子，搬水缸时发现那只四肢细长瘦骨嶙峋的老蛙，它蹒跚着出了屋门，真不知它靠什么度过若干年的艰难时光。

提起青蛙，女友说，她小时候玩过的一种蛙是在山里，那是一种有红色斑纹的蛙，亮丽的肤色证明它体表可能会有毒液，大家不敢碰它。不过见了它，一定会拿小棍子轻轻抽打它一下，这样，它就会躺下，四肢抱住肚皮装死。女友说，那时候没有"卖萌"这个词，不过那个红斑小蛙实在是萌翻了，她们称之为"扎小婆儿"，因为喜欢它傻萌傻萌的样子，每一次都要轻轻抽打看小蛙表演，大家乐够了才会离去。

两栖类动物和聪明的人类之间，隔的是无法逾越的繁复的进化过程，但低等与高等、愚昧与文明、乡村与城市……所有的一切都是"蛤蟆子"中又黏又滑的絮状的苍白，只有真实的生命，才会埋藏灵动与热情，才会让快乐畅通无阻。

乡下的棋子

千万别联想我们的国宝——象棋。

我住的小山村,也就三五十户人家,大家都是土生土长的农民,只知道春种秋收,只知道看着老天的脸色艰难度日,象棋这样奢侈的名字,我长到二十岁才听说。

但乡下并不缺乏自己的棋子。

乡下人的第一盘棋叫作"天下太平",这是一年级小孩子的游戏——两个小孩面对面蹲在原生态的操场上,各自准备一根铅笔大小的杏苕棍,以此为笔。游戏开始前,每个人在面前的地上画一个大大的田字格,然后,石头剪子布,胜者在田字格右上角的小格内深深地画一个"一",这是"天"字的第一笔,继续石头剪子布,依次一笔一笔写下去。谁先把"天下太平"四个字填写在自己面前的田字格内,谁就是赢家。

操场为棋盘,文字为棋子,小孩子玩得满手是泥,却开心无比。有时,谁家的院子里,肮脏的村路边,田边一小块空地上……都会撞见"天下太平"这几个字——饱满的田字格对面,必然是一个没有写满字的残局。

老少皆宜的叫"五道"。这是村子里最高档次的智力游戏。棋盘可以画在课桌上、教室的地上、操场上、铺着宽大木板的窗台上、家里的饭桌上,以及田间地头、山间小路、井旁河沿……

有时是两个小孩子,有时是村里的闲汉,有时是地头歇息的农人。连家务缠身的妇女也会放下手中的活计,来与人一较高下。

准备斗"五道"的人先画一个正方形,在正方形内横竖各添三条线,这样,棋盘上横看竖看都有五条"道",无论面对哪一面,都有五个横竖相交的点。

对弈的双方各寻棋子——一方拣五个石子,另一方则撅五根三两厘米长的小木棍。五个交点依次摆好,互相推让一下,一方便出动了。

游戏的规则很简单:两个棋子携手,就形成了杀伤力,会把迎头孑立孤军作战的单个棋子吃掉。棋子可进可退可横移,只要不落单,对方就束手无策。

通常，先出棋的人会把"一三五"的位置当成"头三脚"，后出棋者则定位在"二四"上形成掎角之势，五个棋子前攻后守，结成两两联盟。可惜在以双制胜的棋盘上，总会有一个棋子得不到应有的照应，加上棋盘上道路狭窄，一不小心撞上枪口，只好壮烈牺牲。

也有棋品差的，捂着小石子不放，一边嘟囔着"没看见"，一边用另一只手把对方的棋子请回原地，坚决悔棋。脾气好的也就罢了，可以不动声色拈须微笑，倘遇见性子急的，吵起来、动起手来也是有的。

每一个村庄都有一个下"五道"的高手，他默默叼着两尺长的烟袋，一任对手悔来悔去，直到一个小石子被吃了三五次，实在不好意思移回高手的小木棍，落荒而逃为止——下"五道"的高手都是世外高人，他们进退自如，胸怀全局，是乡村无法超越的巅峰。

也不知道从哪里传过来的，我十几岁的时候，同学们热衷于一种棋叫"老虎吃小孩"。棋盘和"五道"很相似，也是正方形，横竖各三条线相连，只是还要画出这个大正方形的对角线，同时连接正方形四条边的中点画一个菱形。

游戏开始前，确立一方为"老虎"，一方为"小孩"，"老虎"可以吃"小孩"，"小孩"无法吃"老虎"，但可以把"老虎"堵得无路可逃。"老虎"那一方只有一个棋子，就是一个较大的石块，盘踞在棋盘的正中央。"小孩"是十六个小石子，这些棋子紧紧地围在棋盘的四方。

游戏规则是，若两个"小孩"出现在同一直线上，中间恰好有个空位，又恰好遇见老虎跳到空位上，那么，这两个"小孩"就被老虎"挑"了——两个棋子一起被吃掉。倘若"小孩"被老虎吃光，则"老虎"胜出；若"小孩"把"老虎"围得无路可走，则"小孩"胜出。

棋盘中间是"老虎"的地盘，只要它不贪吃，不走到棋盘的边缘，至少需要8个"小孩"才能围住它；如果它跑到边线上，那么只要3个"小孩"就能堵死它。为此，执"小孩"棋子的这一方常常故意卖个破绽，不惜牺牲两个棋子为"老虎"设个局。玩得精的，自然不会上当，宁可舍了这块到嘴边的肥肉，也要保全自己的性命。

"老虎吃小孩"的游戏还有个变种，叫"抓大王"，两者棋盘的画法差不多，不同之处就是要在正方形的一条边的中点向上延伸，连画两个顶点相连的菱形，画出菱形的对角线，至高点与正方形右侧的终点相连，孩子们管这个叫"烟囱"。

中间仍用大石块为棋子，是谓"王"，四围16个棋子为"兵"，游戏规则与"老虎吃小孩"相同，只是"王"多了一条路——关键时刻还可以爬"烟囱"，最有喜感的是，爬到"烟囱"顶点之后，还可以"放虎归山"——沿半根抛物线回到主棋盘上。

到底是"王"杀光了"兵",还是"兵"抓住了"王"?棋盘上多少个回合的厮杀都已风清云淡。如今,大家早已忘却了当年的游戏,只剩那些个纵横交错的模糊的棋盘,连同细碎的石子像风化的沙,遗落在天地之间。

辑 六

乡下的黄瓜会变老

障子圈出的记忆

自从学会"篱笆"这两个字,我就企图扭转父母乡邻的观念,希望他们也能和我一样,确信那些被风吹雨淋、因此变得灰霾暗淡、有的不知不觉已经长出木耳来的"障栅子"便是书本中充满诗意的篱笆。我的眼前常常跳出圈着篱笆的家园,那里有热闹的鸡吵鹅斗,有碧绿的菜蔬,有姹紫嫣红的草花。阳光匆匆洒落一地金黄的碎屑,花影扑朔,一只宁静的红蜻蜓慵懒地栖着,不时抖动巨大透明的羽翼……

然而我们的生活中一直没有诗意的篱笆。为了躲避近六个月漫长冬季的严寒,东北民居大多缩在大山的夹缝之中。低矮的茅草房紧靠在山脚下,像一个腰扎草绳佝偻着身子的老农,草房的四周,把粗大的劈柴竖起,再横加两根细长的松木，用柳条或是榆树"腰子"捆扎结实，勒紧，这便是乡下人口中的"障子"。障子高低起伏，顺着山势地形圈出一块不规则的地来，这里，黄瓜、豆角、茄子、辣椒……头伏萝卜二伏菜……哄孩子的樱桃、李子、海棠……植物们只有这一季的生命，一个个痴痴地长，欣欣向荣。

障子也要推陈出新。每一年，都会有一段障子因为雨水的缘故倾倒歪斜，因为孩子大人的攀爬大开门户，因为猪哄牛顶漏洞百出……每年春天，"夹障子"都是播种之前不可逾越的一道工序。

小孩子们帮大人干活，最初便是从"夹障子"开始。老大老二老三，在父亲的吆喝下，我们姐弟一溜儿笔直地站着，双臂翼张，冰凉的沾了冰碴儿和冻土的"障桦子"大模大样地倚在我们的怀中。彼时春寒料峭，呼啸的北风冻得我们不住地流鼻涕，我的手小心地扶着沉甸甸的障桦子，不敢轻举妄动。直到现在，想起障桦子沉沉地倚在胸口那种冰凉冷透的感觉我还会不寒而栗，尤其是当父亲狠狠地向插入障沟的障桦子砸下一块石头，或是扔下一锹冻土时，我脚下一趔趄，几乎被障子击倒——倘若障桦子离开障沟，横躺在外面，父亲一定会大发雷霆。父亲当时的脾气，就和酷寒的天气一样，让人不知不觉就会发抖。

尽管我很会读书，每次考试都是不争的第一名，但这并没有给父母带来快乐。直到有一天，当我向手心里吐了一口唾沫，两手一搓，接过父亲递过来的柳条"腰子"，一只脚高高伸出，用力踩在捆绑障子的横杆上，双手用力，然后"嘿"的一声把"腰子"拽紧、扭转、别好，父亲摇晃了一下，发现障子像城墙一样岿然不动，才露出笑容，满意地说："这小死丫头，有劲，能干活了。"

障子是家园的一部分，谁家都要夹障子，但是，在乡下，障子只是一种宣言，一种威慑，不属于武装力量，因此它赶不走真正的入侵者。

喜欢跳障子的大多是小孩子——谁家的黄瓜、西红柿熟了，李子、海棠熟了，甚至捉迷藏的时候，跳过障子趴到土豆地里，藏到黄瓜架下，豆角架下……跳障子无需太多的理由，连成年人也乐此不疲：跳过张家的障子去东山，跳过李家的障子去下河。邻里之间，隔着障子唠嗑的是两家的女人，住得久了，两家障子的缝隙便越来越大，妇女们说话方便了，两家的男人也成了哥们，你跳过障子去我家，我跳过障子去你家。东北男人爱喝酒，有一次，关二哥干了一瓶老白干，酒劲上涌想跳过障子回家睡觉，不想这障桦子原来竟然是谁家的门框，上面还残留着锈迹斑斑的钉子，七扭八歪的钉子不知怎么扎上了关二哥的裤裆，他左摇右拽，上不去也下不来，悬在障子上半个多小时才撕破了裤了勉强脱身——那时，因为跳障子刮破了裤腿，甚至刮露了屁股的，不胜枚举。

渐渐地，木材被砍伐殆尽，到处都是荒山野岭，乡村也失去了用劈柴夹障子的奢靡。我上初中时，学校的实验基地也要夹障子，用的是"刺棘子"，那是一些带刺的灌木，把它们捆扎起来，码到障沟里，上下各用细长的木条勒紧。这种障子没人敢攀爬，连牲畜也敬而远之，可惜不耐雨淋，一年之后，还要收拾残局重新来过，每一年春天，我们的手都会被这种灌木障子割伤，刺破，回忆里少年的岁月也变得伤痕累累。

后来，有了让人羡慕的"板障"：去锯木场买一些边角料，我们称之为"板皮"，找几个朋友把板皮依次钉在两条横木上，竖起在家园四周，这样，又结实又好看的板障就做成了。板障无需挖沟，不用把一部分障子埋在土里，只要隔一段距离埋一根粗壮的柱子就好了。透过板障，菜园里的风景尽收眼底，却不能像劈柴障子那样任人攀爬——无疑，板障是障子发展史上的一次革命。

然后就是铁栅栏、砖砌围墙……障子终于退出了历史舞台，只在记忆里圈出一小块贫瘠的土地——如今，在乡下，"夹障子"这个词汇也成了死语。小黄瓜老了，海棠落满地……植物们再也不会迎来孩子们觊觎的目光。大家都知道：不经过主人的同意，谁也不可以私闯别人家的菜园——敞开的东西越来越少，捂实的东西越来越多，莫非，这就是文明与进步的标志？

里屋、外屋和闺房

长大之后才知道,小村周围蜿蜒起伏的无名山,竟然就是长白山余脉。

山里多的是花花草草,以及喜欢东北这种四季分明的气候的树种。小时候,虽然生活贫困,远离如今这些现代化的东西,但只要勤快些,草木们也会把生活打点得极有韵味。

百十户人家,大多坐北朝南,也有几幢坐东向西的厢房,房子是纯粹的土木结构,墙基由黄泥加上少许山草混成的泥浆和石头共同垒成,用粗壮的原木做房梁,细的原木做椽,用柳条垒成房薄,上面再抹上黄泥,苫上厚厚的草用来防雨雪。记忆中的草房就像丰满娴静的东北姑娘,即使无言也有情致。

屋子内的格局是粗放型的，没有那些细致宛转的空间，普通的只有里屋、外屋之分，顶多在某个空间再挤出个小屋。

外屋即为厨房和储藏室。如果一式三间，通常是十几口的大家，三代同堂，则外屋居中，两侧各有一个里屋，这种家庭的外屋砌三个至四个锅台，锅的规格有八印、十印、十二印，可用于做饭、炒菜、烀猪食。每一口锅都连着一铺炕。

用于烧柴的灶门要挖出一个坑来，这样既利于大量地续入柴火，储存柴草灰，又可以把炭火扒出来烧烤食物，并且兼有防止柴火外燃的作用，人们习惯于称之为"灶坑"。

柴火要储藏在厨房里，在某一角落，最好远离灶坑，可以有一个固定的柴堆，厨房最中间的黄金地段则安上石磨，还要留出足够的空间做"磨道"，用驴也好，用人也好，一个家庭总要时不时地推磨。

平时，锅碗瓢盆也常常被忙乱的主妇随意地丢在磨上。

在某处的角落，甚至就在柴堆旁，那里挤着三四口大缸，在另外的角落还藏着二缸三缸，它们分别是酸菜缸和咸菜缸，另外还有污黑的坛子被塞在支起石磨的木架下，那里装着荤油、腌渍的山菜、蘑菇以及咸腊肉。

被熏得污黑的土墙上挂满了蜘蛛网，同时挂着的还有饭勺等一应什物，锅台上方粗大的房梁上用麻绳拴了一个木钩，这是由分成两个的树枝削成的，一头长一头短，倒挂在梁上。木钩上挂着杏苕筐，稍干净些的那个装的是"干粮"，通常是玉米干粮，就是用吃剩下的小楂粥与玉米面和在一处，发酵后加一点碱，熬菜时贴在铁锅周围的锅贴大饼子。另外的筐里装的是干菜，拴成吊的玉米则可以直接挂在细些的梁上，外屋这间储藏室充分发挥了因陋就简、立体交叉的储藏功能。

外屋是开放式的，打开房门，一应物件俱在眼前，同时外屋还是一个通道，要想进到里屋，需路过危险的灶坑，再绕过磨道，才可以打开"过道门"，通到里屋。

里屋是客厅、餐厅、盥洗室和卧室的总和。推开过道门，左右各有一铺炕，被称为对面炕，炕宽两米，长三四米，离外屋近的地方离灶台也近些，烧火之后这里会更热些，被称为"炕头"，另一头则被称为"炕梢"，那里放柜子。最初的柜子大多是紫檀色，柜子上镶着瓷质的凹凸有致的画艺，花卉仙桃都有，后来也有的柜子被刷成了杏黄色，请人用艳丽的色彩在玻璃上画了花鸟镶嵌在其中，被称为"北京柜"。

柜子既是家里的重要摆设，又可以储藏所有的衣物、宝贝，最重要的是，柜子和炕之间还有一部分空间，那里既可以烘干潮湿的鞋子以及瓜子等，还可以作为育种基地，每年春天，父亲常常会把各种植物的种子加了水后装在瓶子里放到柜底下，然后计算种子的出芽率。更重要的是，那里还是家猫的栖居地，家猫常常把小鱼老鼠叼到那里，并在那里生儿育女。

炕的一头与墙连为一体，另一头安放一条炕沿。炕沿由一整块木头刨过之后做成，讲究的人家做得精致些，一般的人家就很粗糙了，因为孩子们总喜欢在炕沿上砸榛子吃，炕沿上常常会有一些小坑，那些小坑可真好，圆圆的榛子放在坑里，用小石块一砸，榛子就碎了，倘若没有坑，说不定一颗狡猾的榛子会蹦到哪里去了。过年的时候，连大人们也会在炕沿上砸核桃，核桃是个硬家伙，小孩子们想砸碎它，非得去院子里，把核桃放在一块大石头上，再拿另一个小石头砸碎它不可，核桃被砸得四分五裂，核桃仁的碎渣掉在石头上、泥土里，孩子们捡起来，贪婪地放到嘴里。

好在大人们聪明，有办法，围着一盆放了半天已经不太旺的火盆，把核桃比较尖锐的那一头蘸上一些清水，清水洇过半个核桃，立刻取出把蘸水的那一半插入火盆里烧，只一会儿的工夫，核桃就张开了嘴，取出来立在炕沿上，用小锤子一敲，核桃就一分为二，喷香的核桃仁完整地躺在里面，大人们抠出核桃仁，拌上白糖肉丁，用来做糖角的馅。

粗铁丝、小钉子……那些曲里拐弯的旧东西都是躺在炕沿上被锤子敲直的。炕沿兼了这么多份职业，难免千疮百孔，乌漆麻黑，况且整日的敲敲打打早已使它与土炕之间的那些黄泥变得疏松以致脱落，所以灶前刚刚点燃了柴草，炕沿的缝隙就冒出丝丝缕缕的烟来，屋子里烟雾缭绕，如同仙境。

炕上铺的是苇席。苇席都是自家人编的。秋天，草甸子里面芦花瑟瑟，大片的芦苇在小河边、树林边以及整个草甸子随风起舞，像一曲秋天的绝唱。人们读不懂芦苇的诗意，却每年都会割了来，一部分卖给供销社，换回三五块钱。苇管粗壮的要留出三四捆来，用一根光滑木棍做成的工具把苇管劈开、压平，使之变成苇篾。把柔韧而又纤长的苇篾铺在炕上，艰难地起了头，编成人字纹。倘若力道均匀，接口处处理得漂亮，最重要的是开头和结尾都处理得整齐合理，一领炕席就编成了。过年时，铺上一领新炕席，糊棚裱墙，贴上年画，感觉这年过得就是滋润、带劲儿。

可惜总有一些懒汉人家过日子不上心，连炕席都不会编。苇席破了洞，大人们吃过饭后则撅一根破洞处的细篾当了自己的牙签。破洞越来越大，以至于苇席下面铺着的稻草被孩子们扯得到处都是，直到露出了土炕。大人没办法，跟谁要一块纸壳垫在破洞的下面，日子就这样胡乱地过下去。

里屋是客厅,一般的客人大家可以坐在炕沿上吸烟聊天,倘若适逢冬天,来的又是女人和孩子,主人一定热情地邀请客人上炕,炕上放一床用于盖脚的小被,脱鞋上炕后,不必盘腿,大家可以伸直了腿蜷坐在炕上,脚放到被子里,热炕头一下子就让亲情友情沸腾了起来。

里屋也是餐厅。两铺炕中间用原木支成与炕高度相等的架子,上面放一对木板的箱子。如果地方够大的话,还可以放一个碗架,饭桌则直立起来放在木架子旁边,吃饭时把桌子放到炕上,猫在桌子底下的空隙里转来转去,时刻准备偷食,狗在地上拼命地摇尾巴,希望得到一点赏赐,一家人长辈和孩子坐在炕上,可以细嚼慢咽,也可以风卷残云,媳妇坐在炕沿上,负责添饭添菜。

里屋也是卧室。有钱的人家在箱子前放一个八仙桌,再放上两把椅子。把脸盆放到椅子上洗脸或是能坐上一把椅子写作业,那简直就是王子、公主了。

对于一穷二白的人家,洗脸盆往往要端到炕上来,大家轮番洗了脸,炕沿上沾满水渍,脸盆里的水脏得不成样子,洗漱内容仅此一项,且都是这样草草结束。

洗头、洗脚,脸盆一律端到炕上来,好在那时候只有重大节日才洗头洗脚,平时嘛,孩子们又脏又乱的头发生满了虱子,有的满头的虮子白花花的,也没人打理,脚丫子就更不用说了，漆黑的一层，像穿了厚棉线的黑袜子。

里屋是卧室，这是里屋最本质的功能。

通常的小户人家只能住上两间房子，一间是里屋，一间是外屋。两铺炕上住着老少两辈人，年轻人睡前放下幔子，就隔出了一个温馨浪漫的独立空间。半夜里，孩子哭了，老人开始咳嗽，男人们大肆地打着呼噜，说梦话……一大家子的夜晚，一不小心就跻进了别人的梦里。

家里有十七八岁的大姑娘，跟还不到四十岁的父母以及十几岁的兄弟住在一起实在有些不方便，细心的父母就张罗着给她挤出一间小屋来，这就是姑娘的闺房。闺房可在里屋，也可在外屋，不过就是用秫秸或是柳条糊了黄泥做成薄薄的间壁来，倘有条件安一扇门，门上又配了插销，这闺房已是数一数二的了，安不起门的人家挂一块旧布帘。小小的闺房有一铺小炕，炕前一条窄窄的过道。在嫁人前能有一间属于自己的闺房，那实在是一件很荣耀的事，这样的姑娘一定会精挑细选，直到遇到如意郎君才肯嫁。

不过姑娘们也不能一直赖在闺房里挑花了眼，此时妹妹一定急不可耐地想让姐姐快些嫁掉，姐姐一出嫁，妹妹就可以住进闺房享受这自由自在的独立天地了。

没有闺房的姑娘，在这个拥挤的家中连换衣服的空间都没有，于是在墙上钉了钉子，拉上一根麻绳，把一块布帘穿到麻绳上，用布帘将自己和炕上挤得满满的一家人隔开。这个由姑娘自己制造的简陋闺房当时倒很是流行。每到晚上,姑娘拉上布帘准备睡觉,淘气的弟妹却暗地里充满了好奇,常常嬉闹着掀开布帘侵入姐姐的领地。狭小局促的空间使得一家人耳鬓厮磨,兄弟姐妹之间打架归打架,可是那份手足情也是无可代替的。

记忆中温暖的东北火炕

天冷的时候,最让人怀念的,就是遗留在乡村的东北大炕。

三十多年前,粗犷的东北人还不会烧砖制瓦,砌火炕的材料完全取自天然,包括黄泥、羊胡子草、大大小小的石块和巨大光滑的青石板。

羊胡子草要用铡刀铡成两厘米左右长的段,作用相当于拌入水泥之中的沙,可以使凝固变得更结实更长久。草段还有个古怪的名字,叫作"扬荽",问了许多人,都不知"扬荽"是哪两个字,以及为什么这样叫,也许是满语的音变吧,这里,有人多满族先民的遗迹。

黄泥堆中间挖个坑,像和水泥那样加水和泥,一边和,一边把"扬荛"撒到黄泥之中,至于加多少,全凭和泥者的经验。

准备好了黄泥"混凝土",又打发小孩子把石头搬进屋,就可以"盘炕"了。

不错,乡下人称"盘"或"打",而不称砌——盘一铺炕,实在需要太多的生活经验和许多古拙的技术含量。

石头不比砖头,只要依次摞上就好。石头有大有小,奇形怪状,要搭配,要咬合,要充分利用好它们的张力和拉力。

男人动作从容,每块石头都要做仔细的端详,等他看明白了,抓一把黄泥抹在石头上,一块石头与另一块石头便结合起来,成了坚不可摧、连一丝烟都跑不出去的整体。

从一堵墙到另外一堵墙这是炕的长度,宽度两米。先用石头砌一堵矮墙,是炕的"门脸",墙里面的空间要砌出"烟道",要让烟在炕洞中辗转着走遍每一个角落,这样的炕才会受热均匀。每个炕洞都是弯曲盘旋的迷宫,也许这就是"盘炕"一说的根据吧?

无论怎样转弯,最终还得让烟顺畅地走出去。盘的炕是否会冒烟,关键在两个地方,一是锅与炕连接处,人称"喉咙眼儿";一是炕与烟囱连接处,人称"烟囱脖儿"。

烟往上走,所以"喉咙眼儿"要稍高于"灶坑门",同时要低于"烟囱脖儿"。

烟道安排明白了，便可以"上炕面"。

接近灶膛的那一面称为炕头，紧挨着"喉咙眼儿"，那地方最热，这里不仅走烟，有时连火苗也会被吸进来，因此一定要放一块结实的青石板，一般的石头几经煅烧往往会断裂。

依次铺上大大小小的石板，还要抹上薄厚适宜的"炕面泥"——就是上文提到的黄泥"混凝土"。

"炕面泥"通常要上三四厘米厚，它的作用是保温、调温，确保火炕不会因烧火而热得坐不住，也不会因停火立刻变得冰凉。

盘好的炕，试烧一下，如果没有冒烟的地方，可一直烧下去，直到炕面泥被烧干，不再冒白色的蒸汽为止。

铺上厚厚的稻草，再把新编的苇席也铺上，温暖的大炕就可以发挥它的各种作用了。

炕是一家人的卧床。睡觉时，一家人挤在一铺炕上，被窝依次排开：住在炕头的是男人，然后是女人，孩子们的排列是越小的离母亲越近，住在炕梢靠近柜子的，一定是家中的长子或是长女。

猫的住处在"柜底下"，倘若这猫晚上出去吃了夜宵，每每回房，常常会踩了孩子们的脸，有时它嫌冷，索性钻进谁的被窝。

炕是餐厅。最初大家都用大方桌，把桌子放到炕上，碗筷端上，一家人上炕围着饭桌吃饭，通常都是年轻的媳妇坐在外面，可以随时添饭添菜。

炕还是产房。过去，女人生孩子被认为是一件很脏的事，要把炕席揭开，土炕上仅留稻草。小山沟里，连产婆也没有，生头胎时，不过找个年长的妇女照应一下，等到再生孩子，便全是自己的事了。在乡下人看来，生孩子和拉大便没什么两样，孩子生下来，落到稻草上，因此才有"落草"一说。

东北人好事坏事都是在炕上办成的，就连强奸这样恶劣的罪行，也被轻描淡写成"上了谁谁的炕"。

冬天，炕上放了火盆，老头老太围着火盆烤火、抽烟、唠家常，小孩子围着火盆淘气，有时扔一粒玉米，有时扔一粒黄豆，烧得半生不熟便扒出来吃掉，倘若扒不出来，忽然之间，煳掉的玉米或是黄豆就会冒出一股刺鼻的烟来，大人的巴掌也就伸过来。

从炕梢开始，孩子们依次长大，从乡村到城市，从东北到江南，满目繁华，歌舞盛世，蓦然回首，童年那温暖的火炕，只能在遥远的地方，焐着那些简单细碎的回忆，连同苦寒中炽热的乡情。

有趣的满族地名

东北地区是满族人的发祥地,许多地名都源自几乎绝迹的满语,倘若你望文生义,按照字面去认识某个地名,比如吉林的省会长春,如果你把它理解成为"永远都是春天的城市",那就大错特错了。其实,长春是满语"茶啊冲"的口语,是满族人出猎前滴酒祭天的祭祀形式。同样的,倘若一瞥之间见到了一个叫作"元宝沟"的小村庄,也千万不要梦想金灿灿的大元宝,"元宝"是满语口语,意为鹗鸟,这是猫头鹰的一种,说明这里曾是猫头鹰的乐园。

多尔衮攻陷北京后,把北京定名为"大都",也不是赞叹北京大都市的地位,"大都"也是满语口语,意为猎人睡觉的地方,多尔衮觉得这个地方可以让他好好休息一下了。

满语地名和满族人的生活息息相关，主要从三个方面命名，即动植物的名称，狩猎及祭祀，景色及地势特点等。

最容易迷惑的就是由动物或是植物的名称命名的地名。

例如有很多山沟被叫作"老虎洞"，其实是说这里有很多极为厉害的土蜂子。"老虎"满语意为腰刀，"洞"原来应为"洞斗巴"，意为蜂子——带着腰刀的土蜂子，一种很形象的比喻。

再比如"兔子牙山"，看起来这可是个不错的地方，小白兔的温柔牙齿嘛。奉劝不懂的你，这座山可千万不要轻易走入，"兔子牙"为满语口语，指老虎转来转去的地方。同样，"老房沟"你也不要轻易去探秘，因为"老房"在满语中是指熊。另外，《林海雪原》中的"夹皮沟"让人印象深刻，"夹皮"是鹞鹰的一种，我们这里称之为麻鹰。

还有像"下马道"，是指厉害的野猪，"哑巴岭"指貂子岭，"杨树栏"，鸟名，指花雕；"挠头沟"，貉子沟；"热闹"指狗头雕；"库仓"是指公山羊；"倒木"是指骆驼；"箭杆"指乌鸦的叫声；"二密"，大驹子；"赶马河"，"赶马"指蚊子；"西北天"，指森林杜鹃布谷鸟；"下爬犁"指鹞鹰……

"菠萝"是一种酸甜可口的水果，可是在满语口语中却是指刺茅子，指荆棘，如"菠萝牙沟"；"古石罐"竟然是核桃楸；"松挠"意思是枣；"油松嘴子"其实没有油松，是一种野生灌木，当地人叫它"扁担骨子"；"欢喜岭"，"欢喜"一说为野草莓,一说为野鸽子;"老鹰沟"中,"老鹰"其实是桔梗;"马鹿沟"中,"马鹿"是枫树的一种;"狗把头"即蝎子草,有毒,可抹在箭上射杀野兽;还有"木局"是山葡萄,"蒙安"是柞树,"文记"是细野葱……

这些地名,如果只从字面上去理解,一定难以弄清地方特色,不免南辕北辙。

狩猎与祭祀最能反映满族人民的渔猎生活。东北地区满族人生活过的地方,一定会有很多地方被冠以"荒沟"的称谓。"荒沟"是古老的满族地名,满文语音是"花里牙卡伙洛"。"花里牙卡"是顺利太平的意思,"伙洛"是沟。满族猎人讲究太平顺利,每当出猎或是归来都要祭拜猎神"板旦马哈",这是一位身披弓箭挂着腰刀的神,满族人在住处附近用三块石头砌一座小庙,内供"板旦马哈"的木雕像。

类似表示祭祀的地名还有"金珠"。满语"金珠"意为"嬷嬷堆",这是满族人野祭时祭神的坛堆。满族人信奉多种神,都称为"嬷嬷",他们外出时祭此以乞吉利,顺利归来时也在此祭神,表示对神的答谢。

许多地名是反映满族猎人的生活的。例如"鸡心"是穿戴毛鹿皮的猎人的住处;"道清"满语意为"矛尖",也有的地方叫"道槽";"夹芯"(或"夹信子")即猎人垛木头的地方;"鹿圈"即挂锅,猎人挂锅煮饭的地方;"南天门"是猎人用来挂锅煮饭的树,一般在猎人的窝棚旁边;"迭道"是卧的意思，指猎人固定的住处；"老柜"，猎人不好打猎的地方；"闹枝"意为集木成垛；"砍橡"，猎人支小锅的地方；"獐狍"即渔叉；"荞麦楞"即木头搭的窝棚，就是"座罗子"；"杨碴"即猎人的猎窖……这些地名生动地再现了猎人的生活足迹。

还有一些满语地名表现了这些地方最初的景色或地势特点。如"库当"和"滚木"是满语"考特红"的谐音，口语为"口通"，指山高坡陡水急，浪花翻滚、急流，有个小村庄以此为谐音，竟叫作"滚蛋沟"；"横道"满语为"可特横"，意为云头浪；"马屁股"满语原为"马萨红"，意为山坡；"金斗伙洛"，敞亮的山沟；"双窑沟"即黄泥沟；"岔信"，两沟之中伸出一个山头，俗称"奔楼"；"累赘沟"，烂泥塘；"高丽馆"是指离中心稍远的地方；"莺莺沟"，有黏泥或黄泥的地方；"黑石头沟"指走路打趔趄的地方；"龙爪"，瘫软，指满地烂泥的地方；"风倒树"指漂筏甸子，水草甸子，那地方越陷越深，似乎无底；"状元"即"刃"，所谓"状元岭"，即岭形像刀刃；"老营"使人迷糊；还有如"野鸡脖子"是青色的地方；"瓢厂沟"是百合花盛开的地方；"老米沟"是蓝色的沟（这里长有较多碱性草，生长期呈蓝色，故得名）；"羊圈子"指青色，表示此地有常青植物，等等。

此外，像"青龙山"中青龙意为筐，表示这座山有好多可以用来编筐的荆条；"二马驹"指"后"或"北"的方位；

"青沟"中"青"表示小的意思，等等。

透过形形色色的满族地名，我们仿佛又重温了这个马背上的民族的最初生活。

东北老家的菜园子

冰雪融化后,春风一吹,葱就耐不住寂寞了,和三两棵荠菜、猫耳菜一起探出头来。起初还有些娇怯,抖抖颤颤一副细弱的样子,一两场春雨之后,就蓬蓬勃勃地成长得威武整齐了。

韭菜紧随其后,在暖阳下羞答答地伸出嫩黄娇翠的韭芽,不过,它可是菜园里的贵族,连杜甫都曾写过"夜雨剪春韭"的诗句呢,所以它总是不肯像葱那样一味没心没肺地痴长。韭菜是爱撒娇的,一副弱不禁风惹人爱怜的样子。主人见韭菜不肯长大,明白它的心思:先给它喂足农家肥,然后扣上塑料薄膜,为它搭出一间温室来,"金屋藏娇"。韭菜得到了足够的呵护,也就很满足地长得肥肥壮壮了。

油菜、香菜、小葱、菠菜、茼蒿、水萝卜、小白菜……这些耳熟能详的名字，就像自家孩子的乳名，主人叫起来是那么亲切、那么踏实。从春到秋，有多少日子是在侍弄这些葱翠的小菜，连主人自己都记不清了。无法想象，如果没有了它们，日子将怎样走下去。

大多数的小菜的种子都细若尘土或轻如飞絮，承受不住又硬又重的土坷垃和小石块。种菜之前，先要打垄整畦。播种覆土时，遇到土块或是石子，主人一定会把土捻碎，把石子抛到地头。怀着一种期待把种子捻入土里，三五天后，小菜们就争先恐后地拱出地面，细小如针的嫩茎上举着一对豆瓣样的叶子，像婴儿的手柔软了主人脸上和心上的刻痕。每日晨起之后，主人都会围着菜园徜徉，第一片叶子，第二片叶子……就像细数孩子长了几颗牙齿一样，见证成长的喜悦最能软化坚硬冰冷的心灵。

玉米是园中的巨人。把它们播种在菜园的四周，等它们长大了，就成了小菜园的篱笆，而且，玉米的脚下可以种上芸豆，芸豆是善于缠绕与攀爬的，它柔软的茎紧紧缠绕在玉米秆上，像一个倚门翘望的小家碧玉。

芸豆与玉米的缘分还不仅如此。芸豆成熟时，玉米也最为香嫩，炖芸豆时，顺便放几棒嫩玉米，这道简单的农家饭，菜园的主人一生一世都吃不够。

黄瓜最是风情万种，它不肯像芸豆那样专一地缠住属于它的竹竿向上攀爬,它是有卷须的,就像深闺美人的纤纤玉手,牵手总关情。

主人懂得黄瓜的心声,精心挑选了可以搭成黄瓜架的枝柯,让黄瓜可以尽情地弄姿。等到七夕的时候,孩子们就可以跑到黄瓜架下来听牛郎织女说情话了。

茄子、辣椒、西红柿、甘蓝……这是些野心家,主人先把它们的种子撒到温室里,等种子变成了秧苗,就可以被移栽到菜园里了。它们就是这样决不屈服于生于斯长于斯的命运,最喜欢逃离最初生长的地方。一旦适应了新的土地,就会开枝散叶,用工笔重彩把菜园描绘得姹紫嫣红了。

荠菜和猫耳菜早已被铲除,稗草、灰灰菜、鸭跖草……生长了几千年,它们仍然被称为野菜,讨不到人们的欢心,得不到人们的关爱,它们是有怨言的,也是妒火中烧的,因此它们前赴后继地挤进菜园,企图与小菜们争宠。

除草、松土、浇水……日子在劳作中走得沉稳、实在,心灵在凡俗的尘世中亦能清净、安然。小菜在和风细雨中慢慢成长,梦和希望就会翩翩而来,因此,总觉得饲养小菜就像在养一个孩子,每一天,指尖的希望都会像星火一样聚拢起来,把充满希望的未来点燃。

乡村的驴厩

大概是受满族人游牧生活的影响吧,我小的时候,村庄似乎都建在半山腰上。房子就着山势建成,一般东侧地势较高,西侧相对平坦些,或是有条小河打门前流过,河边就是村路。

草房和村路之间要留出大片的空地,除了当作菜园,还要安置仓房、鸡鸭鹅的住处、驴厩以及猪圈。

在乡下,最容易遭贼惦记的一是搁在仓房里的各种家什用品或是冬天里的冻肉馒头之类,再就是鸡鸭鹅。乡下的贼,偷鸡鸭鹅的除了山猫黄鼬,就是些不成器的半大小子或是穷极了的汉子,因此仓房和鸡鸭鹅的住处要离房子近些,这样,倘若有个风吹草动,家人立刻掌灯便可以把贼吓跑。

仓房往往被安排在住房的东侧,想进仓房,必然先经过主人的窗前,而且往往有狗来把守。鸡鸭鹅的住处紧挨着住房的西侧,由木板或细木杆钉制而成,分上下两层——鸭和鹅住下层,鸡住上层,这些家禽体格矮小,就算是个小"二层楼",却也并不高大,占不了多少地方。鸡架上面苦成斜坡的地方还可以放置稻草编成的鸡窝,这便是母鸡的产房。

继续向西边排去,鸡架之后便是驴厩。

驴厩也好,猪圈也罢,都是用原木结结实实地"垛"起来的。"垛"原是长白山人最简易的建筑木质结构房屋的方法、地处林区,多的是木头,想要建一坐房子,也不过就是"埋上柱,垛上墙,垄上芭,苦上草"而已——如今草屋建得高级些,牲畜的住处还是用老办法。

把四根粗壮的木头呈正方形深埋在地下,这就是所谓的"柱",围绕四根柱子依次把细一点的原木打了榫,互相咬合着"垛"起来,"垛"到一人多高,搭上斜的顶棚,苦上草,就成了。

驴厩也是南面留门。一进驴厩,只见驴拴在柱子上,面前是一个用整块木头挖成的"驴槽子",里面盛放着铡成寸把长的秫草,这便是驴的食物。驴厩的东北角用来放草料,草料堆上放一个杏苕筐。

当年，进了谁家的大门，倘有高大的驴厩，有新鲜的驴粪蛋的臭味，便说明这一家过得殷实、富足，让人羡慕。没有驴的人家，有时难免要去向人家借驴子，这时，便觉得自己"矮了三分"。

驴的最主要作用就是推磨拉车。那时候，长白山人的主食是玉米。伐楂子、磨面子、推水磨、做大酱……厨房里最主要的东西就是一盘石磨。没有驴的人家，只能大人孩子齐上阵，起早贪黑地捧着一根木杆推磨，沿着磨道没转几圈，往往就会头晕目眩，虚汗淋漓——想推磨，没有绝好的体质可不行。

有驴多好啊！

套上驴，给它戴一块蒙眼布，它就会扬开四蹄拉着磨飞转。眼看着玉米被一遍遍地磨下去，磨成金黄的玉米面。等到卸了磨，摘下蒙眼布，把它拉到室外，它便会为自己的行程大唱赞歌——扯开嗓门昂扬粗犷地大叫一通，叫得尽兴了，还要躺下去，美美地打两个滚，等它作够了秀，主人才会把它拴进驴厩，添了草，拌一点玉米糠，这便是给它的最好的奖励了。

驴也可以拉车，它们大都性情温驯容易驾驭，老人、妇女和孩子都可以赶车。但是"小毛驴拉车——没长劲"，驴车都很小，很轻。在乡下，毛驴车被称作"驴吉普"，走亲戚，回娘家，只要不拉重物，英姿飒爽的小毛驴就不会偷懒，坐在驴车上，颤悠悠，美滋滋，小毛驴的脖子上拴着铃铛，脑门上系着红绸，叮叮铮铮，蹄声嘚嘚，真是一路风景，一路村歌。

拴在驴厩里的小毛驴，也常常会遇见尴尬事。

乡下人管夫妻之外的男女之事叫作"跑破鞋"，爱上这一口的女人，老公是管不住的。据说有个小媳妇风流成性，老公天天看着她，有一天，小媳妇在家里贴饼子，老公在灶前烧火，忽然，小媳妇说她内急，让老公帮她把裤带解开。

小媳妇用胳膊肘夹着裤子跑进了驴厩，一会儿的工夫，男人发现有个人影从驴厩里跑开，正纳闷，只见媳妇挓挲着两手回来了。

小媳妇继续贴饼子，一边忙活，一边跟老公说："我说跑破鞋这种事是看不住的吧——你看，我刚刚出去，事也办完了，裤带还是你给解开的呢。"

老公只有被气得喷血的份儿了。驴厩里，驴子安静地咀嚼，眼巴巴地看着它的粮食变成一场风流韵事的舞台。

日子就是这样，哭也好笑也好，终究都要过去，而今，驴子和驴厩早已远离了我们的生活，在时光的那一边，不知道还会有谁仰起头粗声粗气地嘶鸣，对着简单的生活直抒胸臆。

乡村的铁匠铺

"一棵栗树延伸宽广,乡村的铁匠铺靠在树旁……"

读着朗费罗的诗歌《乡村铁匠》,一下子就想起了我住过的热热闹闹的乡村。

我小的时候,差不多每次上学迟到都是因为铁匠铺。乡村的铁匠不是金庸笔下的世外高人,尽管有时也乒乒乓乓地忙,却打不出什么像样的铁器,更打不出宝剑之类的纯兵器,最常见的不过就是一些马蹄铁、马掌钉之类。乡下人习惯于把铁匠铺叫作"铁匠炉"。

我一直搞不懂,为什么那时候牛和马的脚上都要钉上马蹄铁,尤其是马,没有铁掌就好像人类没有穿鞋子一样,无法在崎岖坎坷的乡路上负重前行。

为牛马这些乡村里的大力士穿上铁鞋子免不了要大费周折。铁匠铺宽敞的、总会有零星牛粪马粪的肮脏大院子里立了两组木桩,木桩有碗口粗细,一人多高,可以一次吊起两匹马或是两头牛。约定俗成的,农人大多一大早就赶着车把牛马带到铁匠铺。是怎样把牛马绊倒,用绳子捆绑结实,然后倒吊在木桩上,让那么倔强又有力气的大力士四蹄朝上,我一直没有见过,乡村的匠人自有一套属于自己的功夫——等我背着书包走到铁匠铺门前时,总是看到铁匠戴着乌黑的大围裙,叼着旱烟,慢条斯理地从铺子里拿出锤子、马掌钉、马蹄铁。吊在桩子上的马儿神情惶恐,用可怜的求救的眼神看着站在一旁的它的主人。我浑身绷得紧紧的,想象着这种被吊在桩子上的酷刑,比那匹马儿还要紧张恐惧。

铁匠狠狠地吸了口烟,接着扔掉烟蒂,向掌心吐一口唾沫,抓一把马掌钉塞进嘴里,左手拿着马蹄铁,右手拿锤,先用掌锤带了分叉的那一头起下马脚上旧的蹄铁扔掉,再把掌锤夹在腋下,拿新的马蹄铁在马脚上估量一番,然后取出叼在嘴里的沾了唾液的马掌钉,他得把马蹄铁稳稳地钉在马蹄上。铁匠抡圆了臂膀叮叮当当地敲打,马儿惊恐地挣扎,铁匠索性把马腿抱在自己的怀里,马蹄几乎贴近他黝黑的脸。

我总是担心可怜的马脚会被铁匠钉得鲜血淋漓,好在

血腥的场面一直没有出现。看着马儿恐惧无助的眼神，我咧着嘴问铁匠马会不会痛，铁匠吐出嘴里最后几颗马掌钉，展颜一笑，露出黑黄的板牙来，半天才说，痛也得受着，谁让它作了孽，托生为畜生？

受这么严酷的惩罚，牛马的前生到底做了些什么，我都替它们后悔、不值。趁铁匠不注意，我偷拿了一颗马掌钉，这是个黑漆漆的接近菱形的家伙，长不过寸，宽不过半寸，其中一个角伸长、打尖、磨亮，这便是钉入马蹄的那部分，两翼上的角则用来固定马蹄铁。

整个早晨，我就那样悬着一颗心徘徊在铁匠铺的大院子里，很揪心地看着铁匠敲敲打打，直到农人和铁匠一起把马从木桩上卸下来，马被主人牵着在铁匠铺的大院子里遛了两圈之后，又被套入拉车挽具，马蹄嘚嘚，马车走远，我才回过神来，攥着那颗马掌钉飞一样向学校跑去。

乡村有各种各样的匠人，最抢手的就是铁匠，此外还有会打制箱笼碗柜的木匠、会织簸箕的柳匠、会剃头刮脸的剃头匠、把剃头刀当手术刀的劁猪匠……一个乡村，如果没有形形色色的匠人，没有让人害怕的疯子，没有拄着拐四处游荡的瘸子和整天哇啦哇啦的哑巴，就不是一个完整的乡村。

夏天，晚饭过后，铁匠铺宽敞的大院里聚满了人，有的人坐在自己脱下的鞋子上，若无其事地抠弄脚丫子，有的人坐在石头上、木桩上……烟口袋放在怀里,大家从容地卷好旱烟,用唾液黏牢,然后点燃,辛辣的旱烟味与牛马遗留下来的体味合二为一,又臭又辣,大姑娘小媳妇都远远地躲开,孩子们却不管那一套,围着木桩追打嬉闹,身上常常粘满了牛毛或是马毛。

那是个热热闹闹有铁匠铺的乡村,有马蹄嘚嘚的乡村,有老驴拉磨的乡村,也是有尖锐刺耳的上课铃声和琅琅的读书声的乡村。

如今,牛马已经很少用于拉车耕田,农用拖拉机跻进曾经的牛棚,尤其是马和驴,乡村的孩子大概要到城里的游乐园才可以一览它们的风采。铁匠铺黄了,木匠去了城里,专门为人装修,剃头匠让位于洗头房和美发屋,柳匠和劁猪匠更是早已失业,在老婆的叱骂声里借酒浇愁,了此残生。

还不仅如此。

如今连学校也合并到另一个小镇,一辆通勤车定时吞吐几十个上学的孩子。通勤车里,孩子们大着嗓门讨论动画片、网络游戏、超男超女,看不到无限春光,不会因上学路上抓蜻蜓或是蝴蝶而迟到,更不会偷偷蹓进谁家的萝卜地,拔一颗青翠的大萝卜,在玉米茬子或是尖锐的石头上摔开、啃食,不会团了雪球,一边走路一边叫嚷着追打嬉闹……通勤车里四季如一。

铁匠铺那里现在是一栋小洋楼，不知是谁在那里开了一家棋牌室，乡村的富豪们总是偷偷摸摸地聚到那里豪赌，不时会传出某某被公安局抓了赌的消息，那人或是交了罚款被拘留半月，或是干脆交上几倍的罚款，重新坐回赌桌前。

出去打工的多了，留守儿童多了，日子过得快了，对生活的要求高了，人们的野心大了——乡村终于与都市接轨，踩上都市的步伐。

再也听不到夏日里单调的蝉鸣，以及铁匠铺里单调宁静的敲击声。

乡村的老鳖坑

我小的时候,村路上布满了大大小小的"老鳖坑"。

所谓"老鳖坑",就是表面有一层硬壳、暗藏稀泥如同陷阱的路段。乡下赶车的人一遇见老鳖坑便紧张起来,非得七拐八绕不可,否则,轻者深陷泥淖,"误"了车,重者车轮翻转,人畜受伤。

老鳖坑是孩子们的乐园。每次经过老鳖坑,小孩子都要试探着踩上去,那一层硬壳足以承受几个小孩的体重,大家在老鳖坑上跳着、叫着,"跳,跳,老鳖坑。"踩在那一层硬硬的壳上,如同踩在摇动的船上,又像是踩在可以四处晃荡的吊床上,晃悠悠的感觉让孩子很是惬意,跟现在的蹦蹦床有异曲同工之妙。

雨天，老鳖坑上那一层硬壳被濡湿，继而变薄或是破裂，露出一片狰狞的涝洼地来。中心地带是不敢去的，怕那里的稀泥太深，把小孩子整个吞进去。老鳖坑的边缘，细润的稀泥像极了乡村里的大酱，孩子们便赤着脚，男孩子还光着屁股，大家都快快乐乐地踩稀泥，玩"搣大酱"的游戏。

用力踩碎老鳖坑上那一层薄薄的壳，一股稀泥涌出来，两只小脚快速地踩上去，踩上去，下面的稀泥不断涌上来，与上面稍显干硬的土搅在一处，软糯的稀泥从脚丫间，两只脚的缝隙间冒出来，又流过去，扑哧扑哧的，孩子们就开心起来，转着圈地踩，乐此不疲。

这还不过瘾，男孩们还要挖出稀泥打泥巴仗。那泥像面粉糊，打在身上，懒洋洋地往下流。男孩们疯闹一阵，追打一番，光屁股的男孩身上这一处那一处都沾满了泥巴，索性蹲下身去，把稀泥涂满全身。糊在身上的泥巴有一种暖暖的痒，等到泥巴半干，去附近那条清澈的小河，纵身一跃——泥巴浴后再来个清水浴。

村路上多的是牛车马车，车体窄小，大家贴着老鳖坑的边缘就可以打马走过，有惊无险。偶尔路过一辆"大解放"，司机高高在上看不到颤悠悠薄薄硬壳下的玄机，坦然轻打方向盘，不想"噗"地一下，庞然大物轰然摔倒，车轮轧碎老鳖坑用于伪装的壳，陷入深深的稀泥之中，任你加大油门，轰轰鸣叫，却再难前进一步。

这老鳖坑的稀泥并不在同一平面上，稀泥灌满的，往往是曾经的一个深坑。

司机下车，看不懂老鳖坑的真面目，再上车，再加油门，车子发出渴望的鸣叫，仍然寸步难行。

二叔看见了，扛上把锹，稀泥里探几下，已掌握了老鳖坑的底细，二叔一边指挥司机往哪里打方向，一边弯下腰来挖几下，又去路边端几锹粗沙子，或捡一些石块垫在车轮下。

二叔的身上脸上沾满了泥浆，费了九牛二虎之力，"大解放"终于喘息着爬出了陷阱，停靠在坚硬的土路上。

司机给二叔递烟，千恩万谢，见二叔满身满脸的泥，过意不去，硬塞给二叔十块钱。

"大解放"走远了，二叔却挂着铁锹，站在老鳖坑的旁边瞅着手里皱巴巴的十块钱发呆。

每一年春秋两季，队长都会组织村民修路，大家去江边拉一车粗沙子，铺撒在分给自己的道段上。

但是，二叔家门前的老鳖坑，每次铺了沙子，一夜之后便被人清理得一干二净。缺少沙石的填补，加上常有"大解放"之类的载重的大车经过，老鳖坑的面积便越来越大，连上面那一层用来装饰的硬壳也省了，直接露出一张欲壑难填的丑恶嘴脸来。

一听到汽车的声音,二叔就会拎起永远放在门前的铁锹往外跑。有时是三两个,有时是四五个,村民们争先恐后地与司机讲好价钱,一会儿的工夫,司机挣脱了泥淖,村民们挣得一两块买烟的钱,大家兴高采烈地讲几句,心满意足地散去。

那时候乡村贫穷,闭塞。好多年,老鳖坑都是村民们的"来钱道"。

如今,新农村建设让村庄再没有从前的模样,填平了老鳖坑,填掉了童年的记忆,也填平了贫困日子里滋生的小龌龊与小贪婪。

乡下的黄瓜会变老

放下买给父母的来自城市的造型别致的各种点心,一边放纵地大着嗓门和母亲拉话,一边已抽身进了父亲的菜园。

高低起伏的植物,英姿飒爽,姹紫嫣红,像热情泼辣的村妇在风里摇来晃去,大声喧哗。它们总有说不完的话题,不介意像我这样的闯入者加入群聊。我的心思不在植物们多事的爆料,因而总是无语走过。草莓、洋菇娘、山里红、糖李子……似乎每一片绿色后面都掩藏着一个惊喜,这才是我喜爱的群落。

不顾太阳的炙烤,从一丛绿色逡巡到另一丛绿色,蹲下或是起身,我不断在植株下、在果树周围寻寻觅觅。

阳光在果皮上细心描摹出缤纷的色彩，和风在果肉里安插了足够的诱惑。每一种植物都想把自己的味道发挥到极致，每一种植物都足以牵住我的衣襟，让我迈不动脚步。大把大把不断把各种果子送进嘴里，不久感觉全身都膨胀起来，似乎有足够的空间长大长高，也要变成一株植物临风而立——我吃呀吃，恨不得借一个肚子来装载这些活色生香的野味。

父亲的菜园里，菜畦之间套种着酸酸甜甜的浆果。每一次回家都会跑进父亲的菜园，每一次进到父亲的菜园，我都迟迟不想出来。

母亲司空见惯，对父亲那些小小丑丑的果实不感兴趣，她关心的是她的女儿，母亲恨不得把女儿拴在身边，把一肚子的话倒出来。说来也怪，在女儿面前，所有的往事都值得回味，所有的经历都值得反复重播。

母亲见我不肯从菜园里出来，索性拿一只盆来园子里摘菜。茄子长得穷形尽相，有的细长，有的粗壮，有的竟然婉转地长出个弯来；辣椒也是任性，想长得长一点就长一点，想长得胖一点就胖一点，各有各的样儿；芹菜懒洋洋的，有几株心事重重的还黄了叶子，不注意保养的叶子干脆长出斑来了；芸豆也是有脾气的，伸展腰肢的、蜷缩成卷的，长得苗条的和长得扁胖的；西红柿偷偷粉红那么一点点，或者露出一点黄晕，就是不好好地红；黄瓜长短不一,高高吊在架子上,一副傲娇神态……植物们个个生龙活虎,悠然活在自己的南山上。

那么多成年蔬菜,他们本该跃上人们的餐桌,却一个个被冷落在枝头上。我贪心,四处采摘,直到盆子满了、衣襟也兜满了,我仍然停不下来。把大包的蔬菜扔到炕上,隔天,我将把它们带回小城里的家,把它们慢慢吃掉。

母亲制止了我,叮嘱父亲在我离开之前那个早上早早起来,挑最鲜嫩的菜摘给我带走。

准备带回小城的菜也不可以在头一天晚上装好,这是些来自农村的植物,它们是闲散惯了的,受不得拘束,即使离了枝头也仍然禀性难移。茄子和辣椒会让皮肤变得又厚又硬,以此提出抗议;芹菜会郁郁寡欢,蔫蔫地打不起精神;芸豆是最傻的,最经得起颠簸与储存;西红柿娇贵,不喜欢挨挨挤挤;最有个性的就是黄瓜,倘若给它摘下来,只一夜,它就苍老得变了样,就像满心愁苦的人一夜白头。

母亲除了没完没了地和女儿说话,安排父亲准备足够的瓜果菜蔬,还要灶上灶下忙着烹饪。我可以遗传母亲的身材长相,遗传母亲热情开朗的性格,却无法遗传母亲烹制食品的真味。那些蔬菜经过了母亲的手,全都驯服乖巧起来,香艳芬芳,让我饕餮之后一下子尝到了童年的味道。

七个碟子八个碗,筷子兴趣盎然,在餐桌上快乐地游弋,母亲做的菜,哪一碟都好吃——回到乡下我食量大增,腰板也直了,嗓门也亮了,激情昂扬,感觉到生命在蠢蠢欲动,一下子就回归到我的农妇本色。

和母亲待在一起的日子并不多。相隔几百里,从农村到小城,我恋恋不舍地离家,带着来自乡村的蔬菜。它们挤在好几个编织袋里,没有好看的锥子脸,没有整齐划一的杨柳腰,没有顶花带刺的水嫩模样,和城里的蔬菜相比,总有些自惭形秽。但是,它们会一直陪我,直到慢慢变老,绝不会像城里的蔬菜三两天便带着娇翠的绿意腐烂,发出难闻的臭味。

乡下的黄瓜会变老,黄瓜皮会逐渐变得苍黄、深褐,失去原有的清香,但这老去的黄瓜倘打了皮,剜了瓤,雪白的瓜肉做成汤来,又别有一番味道。

每一种乡下的蔬菜都会变老,它们满载着生命的真味,在春风里着床,经风沐雨发育滋长。有过短暂的娇嫩,有过短暂的妖娆,然后,从容老去。老去,却又有另一份让人不舍的味道……本性,天然,就像那些不经雕琢的乡下人,就像与我们血肉相连的父母乡亲。

辑 七

做一个兜里揣着煮鸡蛋的孩子

东北人：你可真有意思

年末了，什么"高端大气上档次"，什么"我和小伙伴都惊呆了"之类本年度流行语都要依照其使用频率排排行，排到前头了，便成了本年度的"明星文字"，大家都愿意做"星粉"争相使用。

因为能流畅使用网络流行语，这人也就显得很是高端大气上档次。

其实，在电脑没有普及之前，俺们东北也有一句流行语，大家争相用它，不是为了争当"星粉"，而是因为这句话实在涵盖太多了，无论什么场合用起来都能收到让"我和小伙伴们都惊呆了"的神奇效果。

这句话高居流行榜首很多年，就是"真有意思"。

请看——

场景一：年少轻狂，俩生猛小伙儿碰一块儿，一个倒扣着狗皮帽子，一个勾着头腰扎麻绳。

狗皮帽子仰了仰脸，尽量让视线从张牙舞爪的狗毛中钻出来，嘴角向两耳边拉开，露出牙齿狰狞地说："怎么地，哥们儿，你挺有意思啊！"

扎麻绳的眨巴眨巴眼睛，似乎想起了什么，也露出满脸狰狞来，毫不示弱地回上一句："我怎么有意思啦？我看你才有意思！"

狗皮帽子火了，摘下帽子向地上一掼，捋了捋袖子："嗬，你可真有意思！不揍你难受是不？"

话没说完，拳头已照着对方的胸脯直捣过去。

扎麻绳的也翻了脸："怎么地，你还想意思意思？"

说时迟那时快，两个人转眼间已斗到了一处……

狗皮帽子掉了一颗门牙，扎麻绳的被揪掉一绺头发，两个人被路人拉开，还不忘了跳着脚地叫嚣："你等着，你等着。真有意思。"

看吧，两小地痞用流行语刀来剑往，适当配合拳脚，一场斗殴被演绎得蕴含全深刻，活色生香。

场景二：张大嫂包饺子，煮好后不忘送给邻居李大嫂一碗。

李大嫂咧嘴笑，一边接过饺子，一边说："你看你，你可真有意思,包点饺子还不忘送俺们一碗——你家人够吃不?"

张大嫂赶忙笑着接茬:"够吃够吃,也不是什么好东西,一块尝尝呗,你可真有意思,咱们谁跟谁啊。"

此时倘若手脚勤快,张大嫂还要在李大嫂的肩膀上擂上一拳以示亲热。而流行语此时采取的绝对是怀柔政策,那种娇嗔必将萌翻原本不够亲密的邻居。

场景三:杏苕筐上盖一布衫儿,女人扛了,扭扭达达进了谁家的门,从筐里掏出一只会咕咕叫的绑了翅膀和脚爪的大公鸡。

不用说,这是受了人家的恩惠,女人给人送礼来了。

主人见了,瞪圆了眼睛说:"我说,你怎么这么有意思?快把公鸡拎回去,给孩子们炖了吃吧!"

或者说:"你看你可真有意思,咱们之间谁跟谁啊,还跟我来这套?"

主人说得畅快,女人听得温暖,不过主人倘坚持不受,女人可就急了眼,说:"你可真有意思,是不是嫌少啊?"

大家笑笑,一团和气。东北人实惠,你敬我一尺,我敬你一丈,投我以木瓜,报之以琼瑶——以流行语交流,才能交到心里头,越处越热乎。

……

"真有意思":可以暴喝如雷,是进攻的号角,也可以是狡辩与回敬,是迎敌的最强音;可以佯嗔薄怨,尽显儿女之态,也可以深情感激,饱含亲昵与柔情……在东北,倘若无话可说,不妨饱蘸当时的情绪说一句:"真有意思"——万千思绪,便会在顷刻间被这几个明星文字飞速转走。

有些情绪无需做细腻的表达,一句"真有意思"足以囊括当初的颠顸,其实,东北人,真的"很有意思"。

做一个兜里揣着煮鸡蛋的孩子

和朋友出去吃饭,就算是满桌的山珍海味,如果有煮鸡蛋,那一定就是我的首选;坐火车也好,户外旅行也好,属于我的小零食,永远都少不了煮鸡蛋。无论看起来多么道貌岸然的包,里面都曾经藏过我的煮鸡蛋。

鸡蛋的做法,我爱吃的只有两种:一种是白水煮蛋,一种是清水荷包蛋。白水煮蛋没什么技术含量,有煮蛋专家说,水开后煮八分钟的蛋是极致,我试过,并不好,我喜欢煮得老些的蛋,喜欢那种蛋白稍硬而又富有弹性的口感。清水荷包蛋同样属于小儿科:水半开时,磕破蛋壳,双手一掰,蛋液囫囵投入水中,一会儿的工夫,一朵雪白的"小荷包"从清水中浮起来。同样的,我会把荷包蛋煮得老些,直到蛋黄凝固,蛋白像时光深处富于质感的瓷。

有一只煮鸡蛋揣在兜里,跑起来,暖暖的鸡蛋像鼓槌敲打着冰凉的小肚皮,这种场景一直是我童年的奢望。家里不是没有鸡,可惜粮食不多,鸡们整天东跑西颠地觅食,却仍然食不果腹,饥一顿饱一顿,能活下来就是奇迹,哪还有精力生蛋?就算有几只母鸡拼尽全力生出蛋来,还要指望着鸡蛋换取一家人的买盐钱、孩子买本子铅笔的钱呢。贫困的日子里,鸡蛋就是奢侈品,小孩子,能握一只热乎乎的煮蛋在手中,便得到了特别的关爱和娇宠,心里便会有温暖的梦想次第开出花来。

不是每个孩子都可以拥有足以大快朵颐的煮鸡蛋——像我,作为家中的长女,煮鸡蛋可能会在我的手上停留一二,仅仅停留而已,我的任务是剥去蛋皮,把蛋清蛋黄掰做小块,喂给年幼的弟弟。

我尽量不动声色地吞下口水,假装从来不曾垂涎欲滴。我不知道我的童年是什么时候结束的,母亲生小妹时,我九岁,已经可以代替母亲做家务。每一天,除了用大铁锅煮玉米粥供一家人食用外,还要在灶坑前用砖头垒灶,灶上置小锅,用来煮鸡蛋熬小米粥。小米粥的颜色和蛋黄一样,一会儿就沸腾了,咕嘟咕嘟,在火光的映衬下此起彼伏地冒泡,隐约之间,两只红皮鸡蛋若隐若现,小小的我蹲在灶前添柴,柴又粗又硬,我用上膝盖,用上脚,总算把它们折断续在火上，呼啦啦的火苗烤得我小脸通红。有美食在前，有火光温暖，有煮饭的任务因而不必去喂鸡打狗，我幸福地蹲在灶前发呆，直到母亲叫我，或是被父亲呵斥一声，才会猛然醒来，急急地把鸡蛋捞出来放到水瓢里投凉，把小米粥盛到大碗里。

我细心地剥光了蛋，看两只白白嫩嫩的蛋静静卧在奶黄色的小米粥里，之后，我狠狠地咽一口唾沫，长出一口气，因为无法控制奔涌而来的口水自责愧怍着，小心翼翼地把这碗饭端给母亲。

常常的，母亲会留下大半只鸡蛋，分给两个弟弟，母亲的行动我早已熟谙于心，倔强的我，绝不肯露出半点馋意——母亲吃饭的时候，我会带上小妹的尿布去洗，以避免像弟弟那样眼巴巴留在母亲身边。

模糊的记忆中，我似乎也拥有过煮鸡蛋，那时应该很小很小，小到没有记忆，小到不知道一只煮蛋的分量。长大一些，母亲带我们去姑姑家的时候，姑姑也曾煮过蛋。姑姑家孩子多，一群"姑娘蛋子"，我的待遇也就和这些表姐表妹一样，煮蛋根本没有我们的份儿。

姑姑给小弟煮一个蛋，小弟爱不释手，舍不得把蛋吃掉。兜里揣着一只煮蛋的弟弟，揣着长辈的爱，真是羡煞了我们。小弟吃掉那只蛋之前，我紧紧地跟在小弟身边，觉得他那么萌那么可爱，冥冥中好像小弟天生就是王子，应该享受不一样的待遇,而我们,命里注定要做小女仆,只配掐一块苞米干粮,就着大葱填饱粗粝的肠胃。

对我来说,鸡蛋不只是口舌之福,还是被呵护被爱的感觉,是身份,是尊严,是对生活、对自己的信心。

经历过歧路崚嶒,我更加深爱这白水煮蛋,把一只温热的煮蛋握在手心里,贴在脸颊上,揣在衣兜里,心中的爱和勇气就会源源不断地涌出来。

穿新衣,过新年

小时候,最盼望的日子就是过年。

日子虽然清苦,过年了,小孩子总要添件新衣。在我们长白山脚下,女孩子的行头是毛蓝裤子花布衫,头上扎一副大红或是大粉的"头绫子"——如今我遍查了描写颜色的词汇,什么天蓝、海蓝、湖蓝、深蓝、浅蓝、藏蓝……就是没有毛蓝这种说法,那是一种比蓝天更清澈,比大海更透明,比湖水更明净的颜色,也许村外的人根本没有毛蓝这一概念,这只是被岁月风化并深深掩埋的一种乡音吧?

花布衫颜色各异,图案不同,实在难分伯仲,毛蓝裤子是相似的,可以比拼的全在做工。

在那个仍然盛行母亲们一针一线手工缝制衣裳的年代,

我的优势在于三叔是村里的裁缝,他有一台令人艳羡的缝纫机。三叔忙完了生产队的事,便来给我做衣裳。

三叔把布料抖开、折好、铺在案子上,一边在我身上量来量去,一边挥舞着直尺弯尺在布上画纵横交错的白道道,有时量着画着,还要拿出草纸来做一番推演与计算,每当此时,我就觉得做衣服实在是一件很神圣的事。

三叔把布料画得满满当当的,等确认画好了,便拿起大剪刀,歪着头,霍霍地剪起来。细小的碎布纷纷落地,三叔把一整块布剪成了大大小小形状各异的"片"。

三叔剪好了布,收起,把案板打开,向活动的板内一捞,就捞出缝纫机的机头来,原来这案板就是功能齐全的缝纫机的一部分。三叔把机头安置好,检查了梭,纫好了线,把布片平整地放到机针下,然后踩动踏板,缝纫机便嗒嗒嗒嗒地唱起歌来。机针穿梭,布片飞奔,用不了多久,我的毛蓝裤子便清新出炉。

三叔是拜过师的,他做出的毛蓝裤子缉了两行雪白的明线,有月牙形的漂亮贴袋。小朋友堆里,我的毛蓝裤子永远都是最好看最合体的,不仅如此,三叔还把我的花布衫做成当时极为少见的,有开剪的衬衫的模样,惹得邻家女孩扯着我的衣衫看了又看,欣羡不已,连村子里那些十八九岁的大姑娘们都把我围起来,研究我的花布衫上那些细碎的褶皱,啧啧称奇。

新衣服被我叠好，放到柜子里，要等春节那一天早上才能穿上。那个年代，女性都梳辫子，辫子上要扎"头绳"，平时大家多用一根旧布条来糊弄一下，能绑上一根赤裸裸的橡皮筋，已经很奢侈了。过年了，小姑娘的辫子也要享受高级一些的待遇——花上一两毛钱，去供销社里扯两根大红或是大粉的"头绫子"来。所谓"头绫子"，就是一种比我们现在最糟糕的衣服的里衬还要轻薄、还要粗糙的半透明的纱状布条，只因那艳丽的色彩，便吸引了爱美的女孩渴望的眼神。母亲把"头绫子"买回来，小心地用烛火把两面烤焦，以免脱丝，等到新年这一天，女孩儿们早早爬起来，穿上新衣服，用"头绫子"在辫子上扎成漂亮的蝴蝶结，这便是当时女孩子最为时尚的装扮。记得我十三四岁时，扎高高的马尾，还不忘系上一根火红的飘飘欲飞的"头绫子"。

花布衫，毛蓝裤子，细细的、齐肩的小辫子上飘动着两朵粉色的蝴蝶结——像小山雀一样的我们的童年，欢喜、雀跃，那时候年是真正的节日，我们过得那么隆重，以至于这个年还没有结束，就开始缠着母亲问：下一个年，还要等多久呢？每一个新年，都那么让人期盼。

那时候没有羽绒服，没有帽子、手套和厚厚的围巾，雪比现在厚，天比现在冷，我们的棉袄、棉裤里面连贴身的内衣都没有，却一天天在外面疯跑，快乐无比，那是些多么容易满足的童年啊。

大人们忙着扫院子、担水、贴对联……一家人忙得开心,忙得喜气洋洋,一度简陋的柴扉,已被男人们用常青松的树枝装饰出拱形的门楼,与大红的对联相映成趣。记忆里,那些苍绿的青松就像我绚烂的新衣一样,用浓郁的色彩点染了小小山坳里宁静辽远的黑白岁月,让深藏在旧时光里的"年"意蕴悠远,让人留恋。

打猪草

"今天礼拜,上山采菜,采菜喂猪,猪长得快,猪尾巴炒菜猪毛卖,猪屁屁送给农业学大寨。"家在东北的人,不知还有谁记得这个童谣?

那个年代,做一头猪其实是很幸福的:小的时候一直散放着,主人在宽阔的院子里放一个细长的木槽,里面撒满没有上过化肥的红红的高粱,小猪们一边吃,一边嬉闹。有时它们会结伙拱翻邻家的菜地,但邻居骂几句也就罢了,谁会跟哑巴畜生较劲呢?

大一些的猪要被关到猪圈里,不过它们并不像现在的猪们一生没有自由。生产队里有专门给各家放猪的猪倌,即使包产到户后最初那几年,猪倌也仍然没有下岗。每天早晨,猪倌高亢的声音就在村头响起:"放猪喽——"各家于是打开猪圈门。猪们成群结队被猪倌带到山上去,它们可以自由自在地挑选自己喜欢的食物,开开心心地看风景,很冲动地打架,热情洋溢地恋爱……有的猪甚至会躲在山上,或者闯进农田里,尽情地"野"个一两天后才回家。

因为总是参加集体活动,猪们绝对不长赘肉,它们的体重一直是"九十斤刚刚好",绝对的美女帅哥体形。因为体格健壮,倘若哪一头猪发起脾气来,主人也是很难收拾的,因为它们的力气大得很呢。

猪可真是被我们养着的:白天由猪倌照管它们,一日三餐还要家人打猪草伺候着。

春天的时候是柳蒿、蒲公英,然后是鸡肠菜、败酱草、鸭跖草……长大以后,我才逐渐了解当初作为猪的食材的这些野草们高贵的名字,它们之中不乏李时珍喜爱的"本草",各有各的药用价值。那时候,最不起眼也最容易采到的就是柳蒿,看到如今超市里柳蒿的价格不断攀升,我常常慨叹:现在的猪们是没有食野菜的荣幸了,那些野菜也只好由我们亲自来吃了。

柳蒿成片地生长,高大肥壮,最容易完成任务,可惜有的猪很挑剔,在猪食槽里拱来拱去,不够细嫩的部分常常被弃之不顾,它们是尝过各种香甜脆嫩的野草的,如果某一头猪不喜欢柳蒿过于刺激的味道,就会很洒脱地拒绝食用。

蒲公英就是婆婆丁,是猪们最喜欢的食物之一,乡路旁、沟渠边……到处都有它们的足迹,庄稼地里的往往最为肥大,败酱草就是苣荬菜,和蒲公英一样,刚出来的嫩叶也曾上过我们的餐桌。长大后,剁碎了可以成为鸡鸭鹅的食物,鸭跖草也叫三角菜,玉米地里多的是这种草,长得枝枝蔓蔓的,到处都是。

每到星期天,小伙伴们就相约扛着大大的杏苕筐进了庄稼地。那筐可真大呀,立起来跟我们的个头差不多,庄稼地里没用过除草的农药,即使铲过两遍三遍,仍然会有一蓬又一蓬的"猪食菜",一会儿的工夫,筐就被装满了,孩子们可不会满足于这点成绩,把筐放平,跳进筐里踩一遍,筐里的猪食菜立刻就会矮下去一大截,这样重复两三次后,筐里的菜足够"实称",试一下,只要拿得动,就会继续采,在筐里撂起高高的一层。

有的孩子喜欢把筐扛在肩膀上,有的则用头顶。大一点的孩子帮忙把筐放到小一点的孩子的肩膀上,扛着沉重的大筐穿过闷热的玉米地往家走,中间一般是不休息的——那么沉重的筐,放下后只怕再难举到肩膀上去。到家后,家里的大人把筐接过去,小孩子早已气喘吁吁,脸色通红,汗水湿透了衣衫。

如果家里有两三头猪,有一群鸭和鹅,那么孩子每天放学都要去采菜，好在那时书包里只有两本书，就是语文和数学，没有任何其他资料，因此作业也极少，有些小孩子，念了几年书，竟然一次都没有写过作业，不写作业的借口也很简单，就是"我忘了"。

忘记写作业可以原谅，忘记打猪草，猪们就会大声哼叫抗议，还会拱开圈门跑出来，跑到白菜地里，把白菜拱得人仰马翻。这种事可是家长绝不会原谅的，笤帚疙瘩会像雨点一样落到小孩子的屁股上。

星期天，只能唱着童谣，蹦蹦跳跳地出了门，去打猪草。

家在东北：与便便有关的回忆

无意中发现著名画家黄永玉先生画的《出恭十二景》，那夸张诙谐的笔法，让人看过之后不免莞尔。

过去，在东北，顶着寒风上厕所实在是一件很考验人的事，零下三十几摄氏度的严寒，滴水成冰。这让南方人笃信：东北人真是"撒尿用棍敲"——不然只怕尿还没完，冻成的冰柱子就给你"截了流"。

不过还好，尿的流速还算汹涌，加上初始温度高，因此"撒尿用棍敲"绝对是个夸大其词的伪命题，怀有恐惧之心的人自可以放心。

至于大便，就像黄永玉先生画的那样，黄澄澄一片如雨后春笋，全都有形有款，冻得梆硬，东北人称之为"屁屁橛子"。

不过，这样的东西也并不多见。三四十年前，山沟里的人家少有厕所，那时候几乎家家都养狗，没粮食喂，大便就是狗的粮食，老辈人形容死不改悔的人，总是说"狗改不了吃屎"——那时候这话真是颠扑不破的真理。

上厕所这种事，乡下人叫作"出外头"。菜园里，房山头，柴垛边，只要没人见，随处可大便——反正狗就在身边，随时准备打扫战场。

冬天里，漫漫长夜，睡觉之前一家人往往要集体出一次"外头"，小孩子怕黑，一般由母亲带队。

母亲去"外屋地"给每个孩子撅一根棍子，房门打开，一股雪白的凉气冲入屋来，几个人瑟缩着鱼贯出了门，直奔大道边。

有时排成一排，有时母亲蹲在大道的那一面，此时，几条狗早已闻风而动，虎视眈眈地围着人的屁股转，要不是手中握着棍子，狗早就冲到人的屁股下边来了。据说，另外一个村子里有个大意不怕狗的男孩，因为大便时没拿棍子，被狗撵得撅着屁股"挪窝"，不想狗见了他胯下的坠物，以为是新鲜出炉的一条美食，一口叼住，随着男孩惊天动地一声号，他的宝贝变成狗的美餐，从此成了乡村的太监。

有了这个教训，人们都加了十二分的小心。一家人一边便便,一边不住地吆喝狗,拿棍子抽打以免它来偷袭。偶尔的,狗也会扬起耳朵叫几声:有人过来了,不久,咯吱咯吱的脚步声响起,母亲早撅了棍子当手纸,站起身来,黑暗中有人从容走过,就算是十几岁的孩子也并不在意,继续蹲在那里吭哧吭哧地用力。

屁股冰得几乎麻木,肚子终于轻松了些,学母亲用棍子揩了腚,起身提裤子时得往前走两步,不然,兴奋的狗弄不好能给小孩子撞个跟头。

睡觉之前父母轮番给小孩子讲故事,除了狼精鬼怪之外,也讲馋嘴媳妇的笑话。

说有个馋嘴媳妇,男人要去参加婚礼,临出门,媳妇让男人一定要给她带点"好吃的"。

男人入了席,见桌上有麻花,这东西又好吃又好带,于是偷半根用手绢包了,放到仓房边的障子空里。

一个小孩看见了,偷吃了麻花,捡了一块冻硬的"屄屄橛子"按原样放好。

天黑了,男人才到家,他偷偷地把"好吃的"交给媳妇,让她悄悄吃。

媳妇说,怎么有点臭?

男人说,快吃你的得了——麻花就那味。

哈哈哈,故事讲了很多次,每一次我们都笑得很开心。心无挂碍的我们,在温热的炕上呼呼睡去,一任老北风呼呼地刮，我们连梦都不做。

一觉醒来，也许又下了雪，淘气的男孩子一定要把晨起时第一泡尿浇到洁白的雪上，这泡尿又热又长，可以在雪上画一条丑丑的曲线，就像一条细瘦的虫子。

走在路上，偶尔会被路上的"屈屈橛子"绊一跤——在冻硬之前躲过了狗的追剿，它们才可以保持原始的形象，看人看雪，度过漫长严寒的冬季。

过去没有化肥，便便是狗的粮食，更是农民的宝物，把便便上到地里，米吃了，菜吃了，就会长得肥壮。肥壮的米和菜还是要被端上人的餐桌——想想这个世界多么简单，不过就是一场轮回而已。只是，有的长些，有的短些。

在东北，倘有哪个丫头跟你说"屈屈橛子吧"，那绝对是一种撒娇、一种卖萌，言外之意是，不可能啊，我才不信呢？

给小孩起小名，可以叫"橛子"，给男人起外号，可以叫"屈橛"……东北人就是这样：不仰视高贵，也不藏纳鄙俗，粗犷之中的憨直，大条之中的热情，本真、率性、自然，由衷爱着这吃喝拉撒导演着的凡俗生活。

抱鸡崽

小时候,常常是捡了现成的,里面藏了个别脏字的童谣,拍着手跳着脚地叫骂。童谣本身并不恶毒讨嫌,倒是那种气恨的语气、大声叫嚣的方式渲染了打架的气氛。

用童谣骂人,节奏明快,气势恢宏,比起只会骂出粗话脏话的孩子本身就胜了一筹。乡路上、土堆上、木垛上,孩子们扯着嗓子叫骂:

×你奶,抱鸡崽,抱一窝,死一窝,还是你奶抱得多。

被骂的孩子当然要用另外的童谣来对骂,那些童谣,也许脏字会更多些。

然而抱鸡崽实在不是一件丢人的事情,谁家的女人如果不会抱鸡崽,就绝对是懒婆娘笨婆娘了;如果像被咒骂的那样抱一窝死一窝，倒确是一件很丢脸的事。

最初，抱鸡崽是母鸡的工作。芦花、大黄、小黄、小灰……那些野性十足的鸡们穿着不同的羽衣，性格迥异，差不多每一只鸡都有一个当之无愧的名字。当然，一定会有一两只鸡，它们的名字叫作"老抱子"，每一年夏天，"老抱子"都会停止生蛋，整天蹲在鸡窝里，倘若被揪出来，它们还会发出"咕咕咕咕"唤小鸡的声音，它们对一切都失去了兴趣，脸红身热，整天赖在窝里。

女人们看得出来，"老抱子"要孵小鸡了，把二三十个鸡蛋放到鸡窝里，"老抱子"就会乖乖地蹲在里面尽职尽责地孵蛋。这是一项极为辛苦的活计，往往由二三岁以后有过生蛋经验的母鸡来充当，小鸡要二十一天才能孵出来，这期间，母鸡除了吃东西、喝水、拉屎以外，要全天候地蹲在蛋上，用自己的体温唤醒蛋里面沉睡的生命。为了使蛋受热均匀，每一天，母鸡还要用尖嘴把脚下的蛋串一遍，改变一下蛋的位置。

并不是所有的鸡蛋都可以孵出小鸡来的，总会有一些鸡蛋没有受精，因此鸡蛋被母鸡孵过三四天后，要在灯下照一次，把那些没有生命的"石蛋"和"寡蛋"照出来。

左手把蛋举在灯下，右手在蛋上搭个凉棚。此时蛋是有头尾的：圆润处为头，尖细处为尾，这样几乎看得见正在发育的胚胎，倘若一片污黑、沉寂，轻摇，又有液体流动感的，就可以挑出来，此时这些蛋虽然蛋清和蛋黄混在一起，但仍可以食用，倘若"寡蛋"没有照出来，孵得久了，则会变成臭蛋，会在母鸡串蛋时炸裂，那时候臭味远播，蛋液崩得到处都是，收拾起来就相当麻烦了。

刚刚到了第二十一天，一大早醒来，发现母鸡的翅膀下竟然伸出两个毛茸茸的小脑瓜，两只性急的小鸡崽已经破壳与它们的母亲见面了。这一天小鸡相继破壳，就算是外表一点痕迹都没有的蛋，拿到耳边一听，也会听到那个小生命"笃笃笃笃"的啄蛋声，只是人总是担心小鸡没有足够的力量啄破蛋壳钻出来，就常常会帮助小鸡剥掉头上的壳，在热炕头上暖着它们，直到它们把蛋黄全部吸入体内，蛋壳彻底与身体剥离为止。

至此，母鸡会像妈妈那样细致入微地带着小鸡崽生活，最初，鸡崽吃小米、玉米楂，不久就可以吃蒲公英等野菜了，母鸡带着这群唧唧喳喳的小家伙到处觅食，一发现食物，就会"咕咕咕咕"地呼唤小鸡，毛茸茸的小鸡崽聚在一起争着叼一只小虫子，那份自然与纯朴，想起来就让人不由得微笑起来，心里充满了温馨。

当了妈妈的母鸡会变得特别勇敢。刚孵出的小鸡崽也就有鸡蛋那么大，猫和老鼠都想把它当成食物。母鸡时刻警惕着，倘若这些坏家伙有所企图，母鸡就会奓起身上的羽毛，张开翅膀，先用变大的身躯吓它一下，如果敌人仍无退意,它就会毫不犹豫地冲上去,与敌人展开殊死的搏斗。

有母鸡带,小鸡就会茁壮地成长起来,先是翅膀,然后是尾巴,从蓬松的绒毛中长出老毛来,最先长出老毛的是母鸡,长到拳头大屁股仍然光秃秃的是公鸡,小鸡的声音由最初的娇脆变得粗豪,个头也逐渐长大,这时,母鸡就会把它们从自己的身边赶开,让它们独立生活。

只是有时候养了十几只母鸡,却没有一只肯去孵小鸡,没有新的成员加入鸡的队伍怎么行呢?好在聪明的女人总有办法模拟出一个抱鸡崽的环境来。

通常是用鸭绒被把鸡蛋包起来,每一天都要定时把手伸入其中触摸这些蛋,了解蛋的温度,并且不断串蛋以改变它们的位置,三四天后也要照一次,温度如果太高,也可以晾上一两分钟,权当是"老抱子"出去吃东西喝水了,这种最初的人工孵蛋的方式也叫"摸鸡崽",只是家务活太多,有时本想晾上几分钟,却一下子忘记了以至于晾了大半天,鸡蛋冰凉一片;或者多烧了火,炕头热得烙人,鸡蛋几乎焐熟了。这样就会出现"抱一窝,死一窝"的现象,此项工作全军覆没。

女人检讨了自己的过失,换一茬新的蛋重新摸过,只要精心摸过二十一天,毛茸茸的小鸡就会破壳而出,因为它们有与生俱来的跟随的习性,这些人工摸出的小东西就

会把女人当成它们的妈妈,会成群结队地跟在女人的屁股后,也更听从女人的呼唤,只要听到女人拉长的声音唤"咕——咕——咕——"它们就会从田间地头飞快地跑出来,围在女人的身前身后"啾啾啾"地撒娇。

用同样的方式,还可以摸出小鸭、小鹅,小鸭最初或是一身嫩黄,或是黑黄交杂,金黄的扁嘴,金黄的蹼,走起路来踉啊踉的,好玩极了,谁看见它们,都会想把它们放到手心里,抚摸它们。

小鹅则有个"奔儿头",样子丑丑的,笨笨的。当初那些没见过毛绒玩具,没有公仔与芭比娃娃的孩子,他们却看见了美丽的生命怎样从心尖上那一点小,直到羽翼渐丰,看得见它们在奔跑中跌得肚皮朝上,爬不起来,看得见它们为争夺一只小虫子隆重开战,看得见它们转着圈追撵头上的蚊虫,天真地冒傻气……每一朵艳丽的花,都是由娇笑的花蕾在时间的水中轻笑着一一地打开的,看到一朵花以至一个花园很容易,能看到花儿一一打开笑容,这需要一颗温柔慈爱的心,和平淡宁静的生活环境。

如今,早市上也有鸡崽出售,年轻的母亲拗不过深爱着它们的孩子,花上一元钱把它们带回家给孩子玩,就连卖鸡崽的大婶都说,这是由电器孵的,等外品,养不活。我不知道一个任性的孩子和一个孱弱的小鸡崽会发生什么故事,或许,这些孩子和当初虎视眈眈对着小鸡崽的猫没什么两样吧?一时的好奇大概连三分钟都维持不到,在死去的小鸡崽和碗里喷香的鸡肉之间有过怎样的生命传奇,他们不知道,也不想知道。

　　只有乡村那些苍老而落满灰尘的记忆,像一根琴弦,偶尔一碰触,还会发出喑哑的音响。

"羊喇罐"的前生今世

长白山脚下，土生土长的山里人的童年世界里，几乎没有人能绕过"羊喇罐"。

羊喇罐是黄刺蛾幼虫（俗称羊喇子）越冬前在树干或枝丫处结的茧，这种茧椭圆如罐，罐体灰白有褐色条状斑纹，质地坚硬，外表光滑，里面住着一条嫩黄色的极为柔软的小虫子。

小虫子的前生叫作波刺毛，翠绿色，背部有花纹，并耸立着八撮对称的毒刺，肚子中间有若干元宝形的凹陷。它利用身体的收缩在树叶上蠕动，再依靠中间这种元宝形的凹陷吸附在树叶上。

它懒洋洋躲在梨树李树或是沙果树上，我们去树上摘果子，波刺毛就把我们当成了侵略者，毫不留情向我们发起攻击。手心还好，皮肤质地细密，肤质厚，波刺毛的毒液起不了什么作用，手背以及脸或脖子就惨了，倘若碰了那小虫子，立刻便针刺一样痛，还伴着奇痒，转眼间皮肤上便起一片粉红色的小疙瘩，痛痒难当。

波刺毛的毒液是碱性的，要用青涩的李子的汁水涂抹。好在这小虫子的毒刺在发出警告，痛痒之外，不会带来别的危险。

那是个听天由命的年代，果树并不喷药施肥，因此每次去树下摘李子，都难免要与波刺毛遭遇，那时候，觉得它真是这世上最讨厌最让人恶心的家伙。

等到秋天来临，树们脱掉了叶子的外衣，波刺毛也随之改变了自己的形象，不知何时，它们纷纷在树丫或是隐蔽处为自己筑好了越冬的房子——它们的建筑真是一流，材料来自自己的身体，在选定的位置上，它们会吐出一个可以包容自己的泡泡，泡泡遇见空气迅速凝固，变成一个内部光滑，外面有好看的花纹的卵形的巢，小虫子爬进巢里，再吐一个泡泡做与卵形巢几为一体的坚固的盖，也许是筑巢的体液发生了变化，巢的盖子远比先前那部分颜色深些。

这个罐状的小虫子的茧，我们称之为"羊喇罐"。

羊喇罐实在是我们童年的盛宴。

叶子还没有全部落光，李子树早就被孩子们盯上了。遍布李子树的枝枝杈杈，淡灰色的羊喇罐上交织着深灰色的美丽花纹，灰褐色的罐盖与罐身紧密相连。因虫子的个体不同，有的硕大，有的小巧，每一个都玲珑可爱。把羊喇罐从树枝间掰下来，是孩子们最开心的一件事。

第一个游戏是"顶牛"：两个孩子各自选出自认为最硬的羊喇罐，头对头用力顶，谁的羊喇罐被顶碎，谁就输了。小孩子谁都不服谁，这个碎了，还会有下一个，游戏从秋到春，直到羊喇子钻出越冬的小"罐"为止。

"罐子"里的虫子如果没有破碎最好，小孩子一定会小心地把小虫子收起来，这东西胖胖的，像泡好的黄豆一样大，体表有几撮咖色的小毛，它的头缩在前腔里，因为又小又软，只隐约看到两只黑点样的眼睛。把它放到火炭上一烤，它的表皮就干硬了，同时散发出一种焦香，翻转之后，烤熟，蹲在火炭前的小孩子已经流了口水，大家争着抢着，急不可耐地把小虫子送到自己的嘴里，虽只是小小的香甜，于我们却是无上的美味，不仅如此，民间传说，它还可以治疗幼儿流口水的毛病呢。

女孩子很少用羊喇罐顶牛——糟蹋了这人间的美味，实在有些暴殄天物，通常都是轻轻地用小石子把羊喇罐的盖子敲下来，这样，小虫子完好无损，小罐子还可以做口哨。孩子们聚拢嘴唇对着羊喇罐吹啊吹，整个村庄都是来自天籁的音响。

大概因为夏天受了波刺毛的苦,我们吃起那个小虫子总是理直气壮。落雪之后,村路旁的杨树、柳树,房前屋后的果树,半山坡上的榛柴棵子……几乎所有的羊喇罐都被我们吃光了,春节前后,我们又把阵地开辟到村外。

天寒地冻,野外的积雪几乎齐腰深。乡下的孩子傻,不知道害怕,就那么深一脚浅一脚在柳毛子之中钻,脸冻得通红,吸着鼻子,手也冻裂了口子,鞋窠里灌满了雪,冻得硬邦邦的,可他们全不把这些苦楚当回事,摇晃着衣袋里哗啦哗啦的半口袋羊喇罐,仿佛嗅到了烤虫子的芳香,苦寒的日子里倒藏着一丝甜蜜。

还能怎样呢?没有花样翻新的小食品,没有充足的物质,人类也只能退化,去和低等动物们一起争食一条小虫子了。

东北人:没有事儿

陪某电视台摄制组拍摄节目,拍了整整一天,一起用晚餐时,导演摄像编导还有主持人笑成一团,一边笑,一边重复一句话:没有事儿。

把第一个字发音为去声,第二个字又发音为阳平,每个字的音都要故意加重——不用说,他们又学了一句感觉可笑的东北话。

东北是苦寒之地,十月末气温早已下降至零下,刚刚沸腾了几个月的血又冷了下来,黏滞地,缓缓地流。浑身瑟缩着,所有的人都染上了拖延症,别说行动了,就连想象的翅膀也断裂得七零八落。大家都希望自己能变成一条虫,可以裹进温暖的茧里无忧无虑地冬眠。

也许是低温高寒的后遗症吧，东北人做什么事都喜欢"对付着"——家什破了，坏了，能将就就"对付着"用，衣服不时尚了，旧了或是破了，也可以"对付着"穿，大葱蘸大酱权做下饭的菜，也都"对付着"吃……还能怎样呢？不饱不饿的日子，"对付着"过呗。

生活这样俭省，词汇也相对贫乏。东北人有时难免贫嘴，但很少花言巧语，极省事的词汇，只要变变语调，改一改重音的落点，几个字就可以在不同的语境"对付着"用，表达不同的情绪、不同的意思。

比如，被摄制组当作笑料的这个"没有事儿"，表达的意思就蛮丰富呢。

"没有事儿"可不是谁都敢说的，要有一定的阅历，有一定的见识才行。面对闯祸的孩子，面对受了委屈的年轻人，做长辈的高门大嗓吼上一句"没有事儿"，铿锵有声，简短有力，听起来像是呵斥，奇怪的是，闯祸的孩子腰板也能挺直了，受了委屈的年轻人也不哭了，因为，这句话原本就是宽容，就是安抚，说话的人粗糙的手已经伸过来，拍打拍打闯祸者的肩背，擦干哭泣者不干的泪，有了这略显粗粝的爱，满腹的委屈也化作烟，消了；闯过的祸也变成浮云，散了。

"没有事儿"包含着一种不够细腻的爱，一种呵护，一种包容。

有时，"没有事儿"也深情款款——小孩子摔倒了，妈妈开口就是"没有事儿",小孩子也就确信没事,笑嘻嘻地爬起来;不管做了什么对不起别人的事,不管青涩的年龄有多么不懂事,只要对方肯说"没有事儿"——脸色灿烂,声音温柔,再拉个情绪饱满的长音,壁垒也就打破了,没有人再心存芥蒂。

"没有事儿"就是疏通剂,有了它,就仿佛吃了棉花糖,甜软了心。

当然,"没有事儿"这几个字不是女人的专利,男人也常常顺嘴说出来,男人更是求快求简,有时连"有"字也要省略,只说"没事儿"。

"没事儿"是一种承诺,一种大包大揽。

"没事儿,包在我身上"——先是拍自己的胸脯,再去搐兄弟的肩膀,兄弟的困难也就转移了,被分担了。"没事儿,有我呢",这是东北男人最喜欢的一句话,哪怕转身之后逆风而去时要偷偷地抹去满脸的泪,在亲人和朋友面前也要死撑硬扛。话不多,言不重,担子却一定不轻:简简单单一句话,藏的是东北男人掏心掏肺的真情付出。

"天下本无事,庸人自扰之",东北人深谙这个道理,因此,许多人都把"没有事儿"当成口头禅。一句"没有事儿",从此大事化小,小事化了,积怨和深仇一笔勾销;一句"没有事儿",再坏的结局都可以重新开始,日子便永远云淡风清……

今晚有电影

"今晚有电影",句子可能不合乎语法,但对乡村来说,这绝对是个喜讯。

很小的时候,这个喜讯来自母亲。母亲屋里屋外地忙碌,倘若她压抑着激动对我和弟弟说"今晚有电影",我们便雀跃了,下一个流程就是赶快哄弟弟睡觉。总觉得,白天睡上一觉,夜里便会精神饱满,小弟弟便可以不哭不闹看完整场的电影,而不是哭闹一气,睡倒在母亲怀里。

我和弟弟躺在老厢房的炕上,一点睡意也没有。阳光爬上炕来,照得我们身上热烘烘的,眼前一片炫目的光环。母亲忙着家务,如果听到我和弟弟叽叽咕咕地说话,便会高声吆喝我们说:"闭眼睛,睡觉,不然不领你们看电影。"

这就像一道圣旨,我和弟弟说"谁要说话是小狗",然后便紧闭双眼,不再出声。通常,这种情况要反复很多次,弟弟大概因为胖的缘故,最终,他呼呼睡去,进入甜美的梦乡,而我只能无聊地闭着眼睛,满脑子都是让人兴奋的胡思乱想。

母亲抽空会来看一下。听到母亲的脚步声,我努力放松眼皮,希望它们不要无端地颤抖,同时放匀呼吸,使面孔尽量安详,假装睡得香甜。

我假装睡着的演技一日比一日完善,连母亲也笃信不疑,有时父亲从田里回来,扶着炕沿看我和弟弟一眼,然后咂着嘴说:

"这俩小兔崽子,睡着了。"

等到屋里没了声息,我便蹑手蹑脚地起来,撇着嘴暗暗嘲笑一下熟睡的弟弟,扒着窗子看太阳什么时候落山,看母亲是否丢下我们偷偷去看电影。

直到晚饭时,母亲才把我和弟弟叫醒,倘若此时天已黑了,父亲就会骗我们说,"电影已经演完了,我们都看过了",弟弟就会信以为真,有时会着急地哭起来。我不戳破父亲的谎言,整个下午,他们的行踪原本都在我掌握之中,因此我胸有成竹。

哄好了弟弟,匆匆吃过晚饭,母亲为我们多带了几件衣裳,父亲带着马扎或是板凳,一家人一起到场院去看电影。

等到上小学时,"今晚有电影"的喜讯来自我的同学小四儿,她是大队长的女儿,她常常会把这个喜讯提前一两天告诉我们,从那时起,"今晚有电影"这个喜讯总是由我骄傲地带回家。

放电影那天,同学们会提前去场院"占座"——座位是没有的,但场院外面有柴垛,有木板,有石块。我们学校离放电影的场院只有一箭之遥,一下课,同学们便冲出去,先捡石块,垒成两个高高的石垛,再把一捆柴火或是两块木板横放在石垛上,扭一扭,按一按,这时,那些石垛垒得技术不过硬的就塌了,好在大家不气馁,另外的课间还会来重新砌好。

占好了座位,放学后还要去准备好吃的小零嘴。

春天,野地里有"蛤蜊瓢""酸浆""酸叽溜""狗尾巴梢"……这是些味道酸酸的野草;夏天野果初长成,山葡萄、臭李子、山李蛋子……都是些又酸又涩的野果,吃一口,舌头都会被酸麻到僵硬,困倦的人自然精神为之一振,一惊之中赫然清醒。

最幸福的就是秋天,葵花子、榛子让这个露天电影放映厅恍然变成了啮齿动物的天堂,嗑咬干果的声音与电影中的音乐和台词共同交响,偶尔也会有人吃秋梨,吃山里红、红菇娘……成熟的果子流金淌蜜,看起电影来也觉得格外香甜。

在村民们的眼里,电影分为故事片、战斗片和戏剧片。通常,一部影片前会放一段小小的动画片或是纪录片,村民们不懂这些,一律称之为"假演"——既然没有"动真格的",也就不用着急,"假演"不过是招呼人们入场的广告词。

孩子们喜欢看"战斗片",飞机大炮,长枪大刀,奔杀冲突,驰骋疆场,轰鸣和尖啸让幼小的心热血沸腾。看过电影之后,村路上多了些玩打仗的孩子,他们学着电影里的样子,无比沉醉。

爷爷奶奶喜欢看"戏曲片",看过之后,偶尔还会哼哼呀呀地学唱,《刘巧儿》《七仙女》《红楼梦》……评剧、越剧、黄梅戏……

爸爸妈妈爱看"故事片",看过之后还要讲解,还要争论,常常闹得面红耳赤。

最爱看电影的就是年轻人,明明在村里看过一遍,还要成群结队去邻村再看一遍。走村路,走山路,穿过庄稼地……村里人连见也没见过城里的"油漆马路",多坎坷的山路,年轻人都走得劲头十足。

因为,只有看电影时,姑娘小伙儿才可以结伴而行,才可以碰出火花,搞上"对象"。相互倾心的年轻人一起看过几场电影之后,偷偷交换了手帕,然后,便借着看电影的机会,钻进附近的玉米地、线麻地里。

看露天电影,这是个多么大的喜事啊!"今晚有电影",这真是个让乡村沸腾的喜讯,无论大人还是孩子,苍白的心都蠢蠢欲动。

© 卢海娟 2016

图书在版编目（CIP）数据

东北的土灶/卢海娟著.— 沈阳：万卷出版公司，2016.11
ISBN 978-7-5470-4278-6
Ⅰ.①东… Ⅱ.①卢 Ⅲ.①散文集－中国－当代 Ⅳ.①I267
中国版本图书馆CIP数据核字(2016)第209703号

东北的土灶

出版发行：	北方联合出版传媒（集团）股份有限公司
	万卷出版公司
	（地址：沈阳市和平区十一纬路25号 邮编：110003）
印 刷 者：	北京鹏润伟业印刷有限公司
经 销 者：	全国新华书店

幅面尺寸：	130mm×185mm	装 帧：	精 装
印 张：	11.5	字 数：	210千字
出版时间：	2016年11月第1版	印刷时间：	2016年11月第1次印刷
出 品 人：	刘一秀	特约监制：	罗 毅
责任编辑：	杨春光	策划合作：	天逸传媒
责任校对：	王 斌	装帧设计：	马婧莎
ISBN 978-7-5470-4278-6			
定 价：	45.80元		

联系电话：	024-23284090	邮购热线：	024-23284050
传 真：	024-23284521	E－mail：	book_light@sina.com
腾讯微博：	http://t.qq.com/wjcbgs	网 址：	http://www.chinavpc.com

常年法律顾问：李福 版权所有 侵权必究 举报电话：024-23284090
如有质量问题，请与印务部联系。联系电话：024-23284452